魔幻偵探所

23

紐約連環吸血案

關景峰　著

新雅文化事業有限公司

www.sunya.com.hk

魔幻偵探所

人物介紹

南森

身分：魔幻偵探所創辦人、領頭羊

年齡：120歲

畢業學校：斯塔福德學院（伏魔系）

學位：博士

捉妖經驗：108年，獲得「捉妖能手」、「怪獸剋星」等稱號

性格：遇事鎮定、善於思考，生氣時聽到幾句好話氣就消了

最具殺傷力的武器：
顯形粉、捆妖繩、無影鋼鐵牆

海倫

身分：魔幻偵探所成員，南森的得力助手

年齡：13歲

畢業學校：劍橋大學（法術系）

學位：學士

捉妖經驗：1年

性格：開朗、逢事觀察細緻，吵架時總讓着本傑明

最具殺傷力的武器：捆妖繩、凝固氣流彈

倫敦貝克街 1 號有一家 **魔幻偵探所**，
成員們精通魔法，法術高明，在一系列緊張
而又富於冒險性的偵探過程中，他們並肩作戰，
成功偵破了一宗又一宗錯綜複雜、
動人心魄的魔怪案件。

本傑明

身分：魔幻偵探所實習生

年齡：11 歲

就讀學校：牛津大學（捉妖系）

捉妖經驗：3 個月

性格：聰明淘氣、遇事毛躁

最厲害的戰術：非常規戰術

保羅

身分：魔幻偵探所機械狗

年齡：100 歲

工作能力：無所不知的電腦資料
庫，善於用百分比分析事物

性格：異想天開、調皮、懶惰

最喜歡的食物：潤滑油

最具殺傷力的武器：追妖導彈

特級裝備

捆妖繩

能夠對準魔怪迅速旋轉收縮，將它捆緊綁實，繩子一旦落到魔怪身上，就像嵌入肉裏，魔怪越掙脫綁得越緊，當然放繩子時可要放得準才行。

無影鋼鐵牆

這堵牆其實就是氣流，它把氣流變成了無影無形的鋼鐵牆壁，能將敵人困在其中，衝不出去。

顯形粉

這是一種非常神奇的粉末，即使魔怪偽裝、隱形了也完全能顯現出它的原形。對了，「顯形」就是「現出原形」的意思！

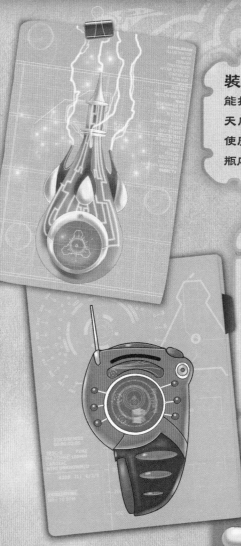

裝魔瓶

能把魔怪收進裏面，使其在三天內化成清水的神奇瓶子。即使魔怪身形再龐大，也能收進瓶內。

幽靈雷達

能夠準確測定氣流存在的方位，並及時發出警報的裝置。它能跟蹤、測定魔怪在哪裏。不過，如果魔怪的魔力非常強，幽靈雷達有時候也可能測不到，它的更強大的功能還有待你去改進！

追妖導彈

能夠自動尋找魔怪，進行智能追蹤的導彈，這種導彈威力比較大，一般魔怪根本抵抗不了。

魔幻偵探開始行動！

目錄

第一章　大都市出現吸血鬼

「我一直覺得你很另類。」本傑明抱着幾本書，邊走邊對海倫説，「我總是想，你是不是從外星球來的，否則你為什麼和我這個正常的地球人就是不一樣呢？」

「隨便你怎麼認為吧。」海倫也抱着幾本書，她和本傑明正從一家書店走出來，海倫看看書店旁的街心公園，「保羅，我們走啦——」

保羅飛快地從公園邊上的灌木中竄出來，跑到海倫和本傑明身邊。

「嗨，剛才有個流浪漢想把我抱走。」

「然後呢？」海倫不高興地走着，她在和本傑明生氣，似乎也不大關注保羅剛才的遭遇。

「然後我就兩眼放光，紅色的那種，不過隨即變成了綠色。」保羅得意地説，剛才本傑明和海倫買書的時候，他就在公園裏等着，「然後那流浪漢就被嚇跑了，他一路亂跑，一頭撞到電線杆上，再然後就不知道了，因為那時你正在叫我。」

「很好。」海倫簡單地説。

「嗨，我説，你們又吵架了吧？」保羅邊走邊問。

「保羅，你來説説，我們這個年齡段應該看什麼書？」本傑明連忙向保羅訴苦，「我買了漫畫書《超膽俠終結篇》，還有這本校園生活書《如何讓你的同學變得更傻而他自己卻不知道》。看看，多好看的書呀！就為這兩本書，海倫就説我，我真是受不了了！」

「那麼，如何讓你的同學變得更傻而他自己卻不知道呢？」保羅追着問本傑明。

「我還沒看呢，看完再告訴你。」本傑明看看保羅，然後指着海倫，「你看她買的是什麼書？《莎士比亞十四行詩》、《魏阿倫詩集》……」

「拜託，是魏爾倫！法國詩人。」海倫不屑地説。

「隨便啦，反正都不是我們這樣的小孩看的書，如果是博士看，那還正常。」

「幼稚！」海倫看也不看本傑明，徑直向前走。

「就算我幼稚，那也是我的自由，用不着你管我。」本傑明緊跟兩步，「管家婆，什麼都要管！」

「別煩我，我不想和你吵……」海倫加快腳步，不再理睬本傑明。

「你以為我想和你吵嗎？」本傑明繼續頂嘴，他看了看保羅，「保羅，你說說，我們這個年齡段該看漫畫書呢還是詩集？」

「這個嘛……」保羅搖了搖尾巴，「你知道，因為昨天海倫給我買了最高級的潤滑油，味道真是不錯，所以……」

「哈，老保羅，你可真勢利。」本傑明搖了搖頭。

「我還沒說完呢，所以我認為……」保羅晃晃腦袋，他把聲音放低了一些，「還是應該看漫畫書，嗨，那本《如何讓你的同學變得更傻而他自己卻不知道》給我也看看，聽上去就不錯，這本書的作者一定能獲得奧斯卡文學獎……哦，是諾貝爾，諾貝爾文學獎……」

他們說着話回到了魔幻偵探所。海倫推開門，看到有個陌生人在房間裏和南森博士說話，看到海倫他們進來，那人連忙站起來。他三十多歲，高高瘦瘦的，戴着黑框眼鏡，顯得很精幹、秀氣。

「你們回來了！」博士走過來，他指指來客，介紹道，「這位是紐約市警察局的歐文督察……」

「哦，歐文先生。」本傑明上前握手，「我是本傑明，這位有些生氣的女孩是海倫，還有我們偵探所最重要

11

的成員保羅⋯⋯」

　　「我聽説過你們。」歐文笑着點點頭，他看了看保羅。

　　「看來是有案件了！」海倫看着歐文。

　　「還是大案，督察都親自上門了。」保羅接着説，「百分之百是這樣，這是我最新統計的結果。」

　　「是有個比較緊急的案件。」博士説，「紐約的曼克頓區接連發生了三宗吸血案件，歐文他們已經找當地魔法師看過現場，只能大概確定是同一魔怪作案，因此他們才來找我們。」

　　「這是一宗案情重大的連環吸血案。」歐文的臉色變得凝重起來，「慶幸的是受害者都被搶救過來了，我們那裏的魔法師判定是吸血鬼作案，但是這個吸血鬼很有特點，他從不像其他吸血鬼一樣把人血全部吸光，而是吸走受害者30%的血量，超過這個範圍，受害者就會因失血過多而死亡。」

　　「哦，聽上去還是個有節制的吸血鬼。」本傑明有些吃驚地説。

　　「他每次作案都是潛入受害者的卧室，吸血後會故意弄出很大聲響，以吸引受害者家人進來救助。」歐文的聲

12

音裏充滿了疑惑，「三次都是這樣。」

「還有這樣的事？」本傑明叫了起來，「這可真是第一次遇到。」

「我們要去紐約了？」海倫看看博士。

「對，馬上訂機票，要最近的航班。」博士表情嚴肅，「曼克頓可是一個人口稠密的地區，我們一定要把那個吸血鬼揪出來。」

「保羅，快訂機票。」海倫馬上俯下身，對保羅説道，保羅可以直接連通互聯網，還能列印訂單。

第二天，博士一行來到紐約，紐約警察局派來專車，把他們接到了曼克頓南部的警察局總部。歐文督察負責這宗案件。

「你們可以先去酒店休息一下，」歐文對博士説，「飛機上我看你也沒怎麼休息。」

「不充分了解案情，博士是睡不着的。」海倫在一邊説。

他們來到歐文辦公室，本傑明好奇地打量着辦公室。「案件全都發生在曼克頓區嗎？」就在歐文拿資料的時候，博士看到了牆上掛着的一張紐約市的大地圖問道。

「對。」歐文拿着資料袋也走到地圖前，「紐約分成

五個區，主城區曼克頓，還有布朗克斯區、皇后區、布魯克林區和史泰登島，目前案件只發生在曼克頓，也就是我們所在的這個區，要是其他區再發生類似案件……那太可怕了。」

「一定要阻止這樣的事情發生。」博士看着地圖，若有所思地說，隨後，他又看看歐文，「那麼歐文先生，談一談案情吧。」

「好的。」歐文指着地圖說，「第一宗案件，時間是11月2日，發生在這裏──21街和第六大道交叉口的愛麗絲大樓，這是一棟高層公寓樓。」

博士盯着歐文用手指出的地方，點點頭。

「受害者是一名高中生。」歐文繼續介紹，「他就住在大樓的1701室，案發時間為晚上十一點，他睡下後不久，房間裏傳出很大響聲，父母起來查看時，他已經昏迷了，脖子上有血流出，經魔法師檢查是吸血鬼的牙印。父母急忙將他送到醫院，這種暫時的缺血並不難救治，輸血後很快就復原了，兩天後出院。經醫生檢查發現受害者只是失血過多，沒有其他症狀。受害者本人則對整件事的發生經過毫不知情。」

「你說傳出了響聲，什麼樣的響聲呢？」博士問。

14

「椅子被重重地砸在門上，門都被砸破了。」歐文説，「完全不是搏鬥造成的，而且受害者自述從未和誰搏鬥，後面兩宗案件也是如此，這表明魔怪只是想提醒受害者家人搶救受害者。」

「哼，這個吸血鬼還很另類呀，很『善良』！」海倫冷冷地説。

「這個舉動確實反常。」歐文皺着眉頭，「魔法師告訴我們，吸血鬼要是有充足的時間，會把受害者身上所有的血都吸光的，而且大多數吸血鬼見到血後就沒什麼控制力，一定要把受害者的血吸光。是這樣吧？」

「沒錯。」博士説，「這也是吸血鬼的特點，有些魔怪不吸血，或者説吸血僅僅是一種進攻手段。」

「接下來的一宗發生在……」歐文在地圖上點了點，「公園大道靠近39街的萊頓大樓，這也是一棟公寓樓，受害者是一位非洲裔小學生，案發過程和上面一宗大致相同，案發時間在11月16日晚上快十二點的時候……」

「他家的門也被砸了？」保羅接過話問。

「是的。」歐文點點頭，「家長起來查看，發現受害者脖子上有血流出，送到醫院後輸血救治過來，受害者醒來後對發生的事同樣一無所知。」

「第三宗呢？」博士略微想了想，問道。

「第三宗在這裏。案發時間是12月7日。」歐文又指指地圖，「紐約大學的學生宿舍，在4街。這次稍稍有所不同，一是受害者是女生，紐約大學的學生，二是前兩個受害者都是獨自有自己的房間居住，而這次的受害者和另外一個女生住在同一間寢室。案發時間在晚上十一點多，另外那名女生被響聲驚醒，起來後看到受害者脖子上有血，連忙叫人送到醫院。那響聲是椅子撞在門上發出的，這次倒不是砸門。還有就是，另外那名女生絕對不是吸血鬼，也沒有魔氣，這是魔法師見到她後確認的。」

「我明白，就是否認了同寢室女生作案的可能。」博士微微點點頭。

「對。」歐文説。

「三個受害者案發當晚有沒有把外人領進家？」博士又問，「絕大多數吸血鬼要受到邀請才能入室作案，一般受害者也只能是邀請者本人。當然，受害者不可能知道被邀請者是吸血鬼。」

「沒有，這一點我們和魔法師都詢問過了，答案是否定的。」

「這可真是離奇的案子。」海倫走到歐文身邊，「我

想知道最後一宗案件……另外一名女生沒事嗎？她沒有被吸血？」

「絕對沒有。」歐文說，「而且她說那晚自己也是聽到響聲才驚醒的，當時還不知道同學被吸血了。」

「按照吸血鬼的攻擊能力，完全能控制這兩名女生呀！」海倫疑惑地看看歐文，「為什麼襲擊一個而提醒另一個？」

歐文聳聳肩，手一攤，似乎是說自己也很想知道原因。

「三宗案件的案發地，相距不算遠，發生時間也只間隔一個多月。」博士說，他指了指曼克頓的中南部地區，「是不是能確定吸血鬼就隱身在這片區域呢？」

「這正是我們擔心的，所以第三宗案件發生後立即來找你們幫助。」歐文的語氣有些沉重，「這是一片人口稠密區，如果在這裏隱藏着一個吸血鬼，那真是太可怕了。在第二宗案件發生後，紐約的魔法師聯合會已經派出了魔法師在曼克頓中南部進行搜索，但第三宗案件還是發生了。」

「幽靈雷達或者類似儀器探測一般魔怪很有效，只有魔法高深的魔怪才有很強的反探測能力。」博士說，「況且這片區域很大，高樓林立，厚實的牆壁對儀器也有遮蔽作用，用探測設備找，我看效果不大。」

「是的，但我相信你們一定能找到吸血鬼。」歐文用期盼的目光看着博士，「紐約警方和魔法師聯合會將全力協助你們。」

「謝謝。」博士笑笑，他從歐文手上接過資料，又看看漆黑的窗外，「現在很晚了，我們先回去看資料，明天請安排我們去見受害者，案發地也要去勘測。」

「沒問題。」歐文連忙說，「受害者都在紐約，案發

房間我們保護起來了，沒有讓受害者家庭修復房間任何被
損害的設施。不過因為案發房間都是受害人的寢室，如有
個人物品要處理，也請他們盡量不改變現場面貌，受害者
對此都表示同意了。」

「很好！」博士説，「那我們明天見。」

「我派車送你們去酒店。」歐文微笑着説。也許是因
為博士的到來，他比前些天稍稍放鬆了些。

第二章　探訪受害者

酒店就在距離警察局總部三條街外的一幢高樓裏，博士他們入住了一個大套房，海倫一進房間，放下行李就來到巨大的落地窗前，望着窗外燈火輝煌的紐約夜景。

「那是帝國大廈，」本傑明走過來，指着遠處的一幢大樓，「那是克萊斯勒大廈……」

「好漂亮的城市！」海倫不禁誇讚道。

「可惜有個吸血鬼藏在裏面。」本傑明説。

「嗨，你可真會煞風景！」海倫不滿地看看本傑明。

「我説的是事實！」本傑明提高了聲音，「我們是為什麼來了？就是要把吸血鬼抓出來……」

「噓──」保羅走過來，他指了指坐在沙發上的博士，「博士在看資料了。」

此時，博士正坐在沙發上認真地看歐文給的資料。海倫吐吐舌頭，不好意思地走過去，本傑明也走了過去，博士看好的資料放在了茶几上，海倫和本傑明拿起那些資料也看起來。

「看看，」海倫小聲地對本傑明說，她遞給本傑明一張照片，那是一張受害者脖子上的傷口照片，「很典型的吸血鬼牙印。」

「嗯。」本傑明看看照片，點點頭。

「三張都一樣。」保羅跳到沙發上，一起看照片，「受害者都是脖子左側有牙印，而吸血鬼吸血時頭都習慣側向一個方向，這也能說明三宗案件是同一個吸血鬼所為。」

博士靜靜地看着分析報告，有警方的，也有魔法師聯合會的，看完之後，他又拿起一些現場照片看了起來，照片顯示案發房間除了歪倒的椅子外，其他並不凌亂，吸血鬼這類魔怪襲擊熟睡的人類，並不需要搏鬥。

「你們有什麼看法？」博士把照片放在桌子上，「都說一說。」

「我先確定這是一個怪吸血鬼。」本傑明搶先說道，「然後我找到兩點要素，首先，他只吸受害者不到三分之一的血，還給受害者家屬發信號。其次，他能不受邀請就進入受害者家中，這樣的吸血鬼可太少了。」

「這兩點能為我們提供線索，」博士說道，「你總結的是我們未來調查方向的重點之一。」

「我覺得這個吸血鬼就在曼克頓地區隱藏着。」海倫想了想說，「看看外面那些大樓，藏在某棟大樓裏很難被找到，這裏人口稠密，對於一個吸血鬼來說，他會有很多很多的機會。」

「你認為他做了這三宗案件後會逃之夭夭嗎？」博士看看海倫，「他應該知道這樣的大城市一定住有魔法師，而魔法師一定也在找他。」

「我認為他不會走，吸血鬼在人口稠密地區能找到更多的人下手。」海倫緩緩地說，「所以他應該還在紐約，另外，外面那些大樓有對魔怪探測器的遮蔽作用，魔法師很難找到他，而他很清楚這一點。」

「所以一個月作案三次，」保羅跟着說，「我同意海倫的看法。」

「好。」博士點點頭，「還有什麼嗎？」

本傑明和海倫都輕輕地搖搖頭，博士則微微笑笑。

「沒有勘驗現場，也沒有見到受害者，確實很難進行推理。」博士說着拿起桌子上的資料看了看，「那麼早點休息吧，明天早上我們去拜會第一個受害者……哦，他叫格林，十八歲，漢密爾頓紀念中學的高中生……」

第二天一早，博士他們早早地起來，吃過早餐後，他

們來到樓下，歐文開車等着他們。他們上車後歐文駕車向受害者格林家中駛去，格林已經接到通知，有魔法偵探到訪，他向學校請了假，等待博士的到來。

博士他們在歐文的帶領下，來到格林家。格林是一個高高瘦瘦的男孩，見到博士，有些拘謹。

「你的身體還好吧？」博士坐下後，關切地問。

「那晚輸了血後就好了很多，第二天就基本恢復了。」格林連忙說，「只是一直不敢回家，我父母也是。」

「完全理解。」博士點點頭，「現在呢？」

「現在好了。」格林說，「兩個魔法師陪我在家裏住了一個多星期，還在我家安裝了魔怪警報系統，教給我們一家一些對付吸血鬼的辦法。他們說如果不是仇恨所致的魔怪襲擊，案件就不會再發生，我和我家人可沒得罪過誰，現在不害怕了。」

「那很好。」博士用鼓勵的目光看着格林，用力點點頭，「那麼，案發過程你什麼都不知道嗎？」

「不知道，什麼都不知道。」格林搖着頭說。

「什麼都不知道！」博士又點點頭，他看了看海倫，又把目光轉向格林，「你最近有沒有去過例如墓地、古

24

堡、深山這樣的地方？」

「沒有，我一直在上學呢。」

「案發當天你邀請過什麼人來家裏嗎？」

「沒有。」

「你確信沒有得罪過誰？而且這人還非常……怪，我是說非常的與眾不同。」

「沒有，我和大家相處得都很好。」

「嗯，看得出來。」博士笑了笑，「人類的確很難察覺或者感知到魔怪的存在，那麼……説説你的生活吧，你在學校過得怎麼樣？」

「我的生活？」格林聽到博士這麼問，有些詫異，不過很快放鬆下來，「我在學校很好，朋友也很多，不過我是屬於那種安靜的人，偶爾打打籃球，一般都是看書，這就是我的生活。」

「愛看書，不錯。」博士笑了笑，他指了指書架，「好多書呀，天文地理，什麼都有！」

「這是我父親的書，當然，這裏的書我也看。」格林笑着説，「我自己也有個書櫃。」

「嗯，很好……那麼我們去看看現場吧。」博士看看格林，隨後對歐文説。

大家來到格林的臥室，這裏也是案發現場，歐文推開門，自己站在門口，博士走進了房間。

「案發後你和家人進去過嗎？」身後，歐文問格林。

「拿過兩次私人物品。」格林説，「我知道，不能破壞現場……」

格林的臥室不大，裏面的家具擺放整齊，不是很像一個大男生居住的那種有些凌亂的房間，不過，地上歪倒的一把椅子顯示出這個房間曾是一個襲擊事件的發生地。博士看了看那把椅子，椅子的兩條腿都斷了，他又回頭看了看門，門上被椅子砸出兩個破洞。

「力氣不小。」博士對身邊的小助手們説。

保羅一進門就開始對整個房間進行掃描，希望能找到一些魔怪痕跡，也許是因為案發時間長，這裏什麼魔怪痕跡都沒有。

博士在房間裏四下

看了看，房間的牆上貼着幾張籃球明星的照片，看來格林是這些明星的崇拜者。在房間裏博士看到有個書櫃，裏面的書大都是文學作品，以古典文學居多。

「你很愛看書！」博士問站在門口的格林，他看着那些書，「莎士比亞、狄更斯、大仲馬、馬克・吐温……都是名家作品……」

「我確實比較喜歡讀書。」格林說。

「很好，年輕人。」博士讚許地說，他看了看保羅，「老伙計，有什麼發現嗎？」

「沒有。」保羅抬頭看着博士，「一切都很正常，沒有半點魔怪痕跡。」

「那麼……」博士緩緩地說，「我們可以走了。」

他們和格林告別，前往第二宗吸血事件的案發地萊頓大樓，那裏距離格林家不算遠，他們很快就到了。

「……受害者名叫安迪，12歲，六年級學生。」歐文在電梯裏說，其實博士他們已經知道了這些情況，「案發後當然也是安迪的父母送他去醫院的……」

大家來到十樓的安迪家，他和家人早就在客廳等了，安迪看上去很放鬆，他有着一雙大眼睛，說起話來雙眼放光。

「……嗨，你們的口音很特別。」安迪一見到博士他們就喋喋不休，他看了看本傑明，「老弟，說說你在倫敦的情況，你在那裏混得還不錯吧？你們是從倫敦來的嗎？」

「事實上……安迪……」博士試圖打斷他的話，「我們很想知道一些關於你的事情，前些天，你遭到了一次攻擊……」

「你說的是吸血鬼襲擊嗎？太棒了！」安迪興奮起來，「我的同學都沒有遭到過吸血鬼攻擊，他們也就是在遊戲裏殺掉過幾個吸血鬼。我和他們說我被真的吸血鬼咬了一口，而且還沒死，他們都不相信，好像我是騙子一樣，我都沒法在學校待下去了……」

「哦，是嗎？」博士調整着自己的問話技巧，「那麼你能和我說說，你是怎麼被吸血鬼襲擊的嗎？」

「我也不知道！」安迪憤憤地說，「那天晚上，我打完遊戲，哦，我在遊戲中殺掉了無數吸血鬼，而我自己的生命值基本上滿血，我想吸血鬼生氣了，他趁我睡覺時咬了我一口，我的生命值減少了30%，還好老爸老媽送我去了醫院……」

安迪的父母一直在一邊聽着安迪的描述，還對博士聳

聳肩，面對這個滿口遊戲術語的孩子，博士也聳了聳肩。

「……我檢查了電腦和Ipad，一開始我覺得吸血鬼是從那裏出來的。」安迪比劃着，「但現在我不那麼想了，也許他是從鄰居家的電腦裏溜出來的……」

「聽我説安迪，」博士擺擺手，「這麼説你很喜歡玩遊戲？」

「當然，我就喜歡玩遊戲，我這幾天很喜歡玩海戰遊戲，你知道我是一個沉默寡言的人，但是我還是要説説海戰遊戲……」

「安迪，聽我説……」博士看安迪又要主導談話，連忙打斷他，「你最近有沒有去過墓地、古堡或者深山這樣的地方？」

「我很想去呢！」安迪叫了起來，「可我老爸老媽不帶我去，他們就是這樣對待我的，我的要求不高，我又沒有要求登上火星……」

「年年帶你出去旅遊！」安迪的媽媽忍不住插嘴道，「你都忘了？」

「嗨，那是你們自己去玩，沒辦法才帶我去的。」安迪不滿地説，「總是去海灘，我都去夠了……」

「哦，前年你還吵着要去呢……」安迪的爸爸也加

入進來，他看着博士，「先生，你不知道，這孩子太有主意了，把我們指揮得團團轉，有時候我覺得他是我爸爸⋯⋯」

「我知道我知道！」博士連忙站了起來，「啊，對了，案發當天你們有邀請過什麼人到過家裏嗎？」

「沒有。」安迪的父母和安迪一起説。

「好的，」博士點點頭，「那麼我們去看看案發現場吧。」

歐文連忙帶他們來到旁邊的一個房間，他推開門，告訴博士這就是安迪的卧室，安迪一家人則仍在客廳爭執着。

第三章　共同點

博士他們走進了安迪的房間，安迪的房間很大，顯得有點亂，在靠門的地板上，有一把斷了兩條腿的椅子，門上有一個很深的凹痕，看上去門都要被砸穿了。

保羅進去後，又開始了掃描。博士環視着房間，房間裏也貼着很多籃球明星的照片，牆上甚至還掛着一個小型的籃球框。一張寫字枱上，扔着幾本漫畫書。

「博士，我沒有發現。」保羅走到博士身邊。

「嗯。」博士點了點頭。

「哦，安迪，你的被子都沒有疊上。」安迪的媽媽說着走了進來，她抱歉地看着博士，「真是不好意思……」

「是警察不讓我們改變房間面貌的！」安迪跟進來，理直氣壯地說。

「你還找到理由了！」安迪媽媽苦笑起來。

「好了，尊敬的夫人，我們看好了，可以走了。」博士連忙對安迪媽媽說。

「我們可以修理這門了嗎？」

「完全可以。」

「嗨，我覺得你可以適當看看書，總是玩遊戲也沒什麼意思。」和安迪擦肩而過時，本傑明説道。

「嗨，你才多大，開始教訓我了？」安迪驚異地看着本傑明，「哦，我家來了一個小老師……」

本傑明無奈地翻了翻眼睛，海倫在一邊笑了起來。

他們離開了安迪的家，前往紐約大學，那裏也是第三宗案件的發生地。歐文介紹説，受害者叫瓊安娜，同寢室的室友叫黛西，她倆都是文學系的學生，但黛西要高一個年級。

見面的地點，被直接安排在那間寢室，事發之後，兩人被安排在另外的房間，紐約的魔法師聯合會還派了兩個女魔法師和她們住了一段時間。這次是瓊安娜第一次回來，畢竟是女生，聽説自己被吸血鬼襲擊了，她一直很害怕，在這個房間見面，學校教務處還特別派了老師陪着她。博士他們來後，老師就在門口等，沒有進去。

博士一進來就先勘驗了一下現場，這次現場沒有被撞壞的椅子，大門也沒被破壞，只是在門前有一張升降椅。房間裏有兩張牀、兩張寫字枱、兩張升降椅、一個擺滿書的書架、一個小冰箱，都是學生宿舍的標準配置。保羅掃

描了現場，依舊沒有任何發現。

　　兩個女生坐在各自的牀上，好奇地看着保羅，她們對本傑明和海倫也很感興趣。

　　「哦，姑娘們，那麼我們來談談當晚的情況吧。」博士微笑着，他站在一個書架前，看着瓊安娜，「你還好吧？」

　　「我很好，就是還有點害怕。」瓊安娜點了點頭，「不過我確實不知道當時的情況，我一直在睡覺，醒來的時候發現躺在醫院裏。」

　　「我知道當時的情況，」黛西主動地說，「我們當時都休息了，半夜的時候，我忽然聽到響聲，我想也許是瓊安娜弄出來的，想繼續睡，但是那聲音又響了兩下，我覺得有什麼不對，就起牀開燈，一開始我看到我的升降椅不知道怎麼跑到大門口去了，我正奇怪呢，然後我看了看瓊安娜，嚇死我了，她的脖子上有兩個牙齒印！」

　　說着，黛西似乎又回到了那個場景中，她停頓了下來，瓊安娜也恐懼起來，要不是房間裏都是人，她甚至會尖叫出來。

　　「……我去叫瓊安娜，她閉着眼，完全昏迷了。」黛西繼續說，「我立即報警和打了醫院的電話，隨後跑去找

管理員，當時的情況真是太可怕了，我現在都懷疑當時自己怎麼沒有暈過去。」

　　「她的膽子其實比我還小。」瓊安娜指着黛西，看着博士説道。

　　「完全能夠理解。」博士點點頭，他看看黛西，「你説的響聲，是不是就是升降椅撞門的聲音呢？」

　　「應該是。」黛西説，「聲音很大，像是有誰推着它撞門，事實上它確實到了門口，而我睡覺前把椅子推到了寫字枱下，瓊安娜也沒有動過，我覺得……是那個吸血鬼

推着椅子撞門。」

「你們兩人，最近有沒有去過墓地、古堡或者深山？」博士問。

「沒有，沒去過。」黛西和瓊安娜先後說道。

「案發當天，有沒有邀請誰到你們這裏做客？」

「沒有。」她倆又一起說。

「得罪過什麼舉止異常的人嗎？」博士繼續問，「或者說最近得罪過什麼人嗎？」

「沒有，瓊安娜是學校的開心果。」黛西說，「大家都喜歡她，我也沒有得罪過誰。」

「很好。」博士說，「我剛剛走進來，看到這幢大樓很古老，有將近兩百年的時間了吧？」

「是的。」瓊安娜說，「這是學校最早的建築之一，當初不是學生宿舍，是一幢居民樓房，學校買下後改建成宿舍了。」

「那麼，這幢建築裏發生過什麼奇怪的事嗎？」博士問，「不少學校的老建築裏都有這樣或者那樣的傳說……我是指靈異方面的事。」

「我們這裏……」瓊安娜和黛西互相看了看，「真的沒有。」

「嗯。」博士轉身看看書架,「你們是文學系的學生,學業忙不忙?」

「還好,可以應付。」瓊安娜説。

「你是足以應付。」黛西笑了笑。

「那麼今天就到這裏了,這件事我們會處理好的。」博士點點頭,「哦,這裏可以恢復原貌了,至於搬不搬回這裏來,你們和學校商量吧,我想學校一定會尊重你們的意見……」

「先生,他……是一個吸血鬼?對嗎?」瓊安娜緊張地問,「他還會來嗎?」

「從目前的跡象看,應該是。」博士沒有掩飾什麼,「放心吧,你的安全是有保證的,紐約的魔法師聯合會也會繼續幫助你們的。」

博士他們離開了紐約大學,回到酒店,歐文跟着他們一起到了房間。然後大家都焦急地看着博士。

「不要着急。」博士給歐文倒了一杯水,然後指着自己的頭,「這裏要疏理一下,這可不是簡單的案子呀!」

「嗯,這當然!」歐文連忙説,「今天受害者所説的,資料報告裏基本都有,不知道你對現場的勘驗有什麼發現?」

「沒有發現魔怪跡象。」博士説着看了看保羅，保羅點了點頭，「老伙計，房間錄影了吧？」

「當然，三個房間全部錄了影。」保羅得意地説，「隨時可以播放給你看。」

「很好。」博士點點頭，他看看海倫，「海倫，你有什麼發現？」

「你告訴過我們很多偵破技巧，有一種歸類法，或者叫合併法……」海倫説。

「這我也知道，就是將串聯案件中所有受害者的特點找出來，以便找到共同特徵。」本傑明插話説。

「對，這是一個串聯案件。」博士看了看他倆。

「我現在的歸類就是三個受害者都是學生，」海倫望着博士，「雖然最大的是大學一年級，小的才上六年級，但都是學生。」

「非常好。」博士誇讚道，「一個共同點已經找出來了。」

「這都行？」本傑明不服氣地説，「我也知道呀，我看資料的時候就知道三個受害者都是學生了。」

「可是你沒説呀！」海倫不高興地對本傑明説。

「博士在向你提問呢！」本傑明的聲音大了起來，

「當然由你回答。」

「所以我回答了呀！」海倫的聲音也跟着大了起來，「再説，博士經常問你，你都回答不上來或者亂回答……」

「嗨！你們劍橋的永遠這麼不講理！」

「你們牛津的……」

「好了好了。」博士連忙打斷他倆，「請安靜，歐文先生還在這裏呢，他現在可是客人……」

歐文聽到這話，微微笑了起來。

「博士，你的意思是歐文先生走了以後我們就可以吵了嗎？」本傑明還不罷休。

「這……」博士苦笑着翻翻眼睛。

「誰願意和你吵？」海倫頭一扭，坐到沙發上，不理本傑明了。

「我想，你們跑了大半天，一定也累了。」歐文對博士説，「我先告辭了，有什麼事馬上聯繫我。博士，適當的休息可有助於思考呀！」

説着，歐文指了指腦袋。博士則笑着點點頭，他們把歐文送到大門口，歐文走後，博士回到房間裏。

「你們倆……可以去走走。」博士看着窗外的高樓

大廈，他似乎生怕海倫和本傑明又吵起來，「這可是紐約……」

「現在哪有心思去呀！」海倫説，「我一直想着這個案子呢，我怕吸血鬼再次出現。」

「這麼多大樓，要是劃定一個很小的範圍，我也許能探測到什麼。」保羅看着外面密集的摩天樓，「我想紐約的魔怪檢測設備本來就不如我的探測系統優秀，而且還是探測這麼大範圍。」

「我也覺得保羅的探測系統最優秀。」本傑明接着説，「第一宗案件發生時，要是保羅在，一定能找到一些魔怪痕跡，可是現在時間過去太久了。」

「這邊的魔怪偵測手段和我們的一樣好。」博士解釋説，「哥倫比亞大學法術系出版的月刊，大概是今年第五期，對此有過專門介紹。不過，就像所有的魔怪一樣，吸血鬼的反偵測手段也不會低，而且這裏高樓林立，吸血鬼只要稍加利用，魔法師便很難找到。」

小助手們安靜地聽着博士的話，他們都很嚴肅。

「不要這樣看着我。」博士笑了笑，然後打破這種緊張的氣氛，「很晚了，我們去樓下的餐廳吃飯，回來後我們就工作。今晚的工作是看現場錄影……」

「通過錄影找共同點？」海倫連忙問。

「這是其中一個目的。」博士說，「仔細看，看看我們還能找到些什麼。我說過的，線索就在現場，發現不了線索，那是因為你對現場看得還不仔細！」

第四章　又一宗案件

博士帶着小助手下樓去吃飯，保羅則留在房間裏，不一會，博士他們吃完飯回來了，大家稍微休息了一會，開始工作。此時，外面的天已經完全黑了下來。

保羅已經按順序整理好了錄影資料，通過無線傳輸技術，他利用房間裏的電視播放現場錄影。

博士手中拿了一本簿，海倫和本傑明也各拿一本，博士叫他們在看錄影的過程中隨時記錄下所關注的要點。隨後，保羅開始播放案發現場的錄影片段，第一段的影片是受害者格林家的案發現場，保羅的鏡頭一覽無餘地掃描了整個房間的情況，並且緩慢地推進，不遺落任何空間。

博士在簿子上記下一些東西，本傑明拿着簿子，有些着急，因為他什麼都沒有發現，他偷偷看看身邊的海倫，海倫也一個字沒寫，本傑明的心情稍稍平緩了一些。

接下來他們又看了另外兩個現場的錄影片段，博士依舊記錄着什麼，本傑明什麼都沒寫，他看到海倫記下了幾個字，很好奇，伸着脖子去看，海倫瞪了他一眼。

　　三個現場錄影片段播放完畢，博士合上了簿子。本傑明、海倫和保羅都看着博士。

　　「博士，有什麼新發現嗎？」保羅忍不住了，問道。

　　「確實有。」博士點點頭，「但是還不是很……確定，我要疏理一下。」

　　「太好了！」本傑明興奮起來，「什麼樣的發現？」

　　「不確定呀！」博士笑了笑，「歐文先生說得對，必要的休息有助於思考，現在十點多了，今天我們跑了大半天，大家都累了，所以我們現在的任務是去睡覺，好好地休息。」

　　「好，博士，晚安。」本傑明和海倫一起向博士道晚安。

　　他們去了各自的房間，只有保羅留在客廳裏。他不用睡覺，能量非常充沛，如果博士能給他劃定一個區域，他會立即去搜索那個吸血鬼在何處。

　　每到這樣無所事事的晚上，保羅就看電視打發時間，他打開了電視，一個台一個台的換頻道，終於找到了卡通台，他有滋有味地看起了卡通片，邊看邊笑。他看完一部又一部，接連看了好幾部。

　　「鈴鈴鈴──」寫字枱上的電話突然響了起來，保羅

立即站了起來，他看着那電話，意識到有事情發生。他連忙跑到博士的房門，拍着門。

「博士，電話。」

「來了。」博士穿着睡衣出來了，他拿起電話。

保羅看了一下時間，此時是凌晨兩點。這時，聽到急促電話鈴聲的本傑明和海倫也從各自房間走了出來，睡眼矇矓地看着博士。

「……好，我知道了，汽車會停在樓下。」博士說着放下了電話，他表情非常嚴峻地看着大家，「我們走，第四宗案件發生了！」

「啊？」本傑明和海倫頓時驚呆了，保羅也一樣。

「在49街靠近列克星敦大道的一間公寓。」博士邊說邊走向自己的房間，去換衣服，「我們快點去，警方接到報警就通知了我們，這可是第一時間第一現場！」

本傑明和海倫立即去換好了衣服，謹慎的海倫還給保羅安裝上了四枚追妖導彈，本傑明檢查了自己和海倫的幽靈雷達。

他們快步來到樓下，一輛警車已經等在那裏，開車的不是歐文，他已經直接趕去了現場。

警車飛馳在寂靜的曼克頓大街上，他們很快就到了案

發現場，這是一棟非常高的公寓大樓，大樓前停着好幾輛警車，有警察在大樓入口把守，開車來的警察帶着博士他們進到大樓裏。

「歐文督察就在案發的21樓，2101房間。」那個警察在電梯前説道，「你們上去直接找他吧！」

博士他們乘電梯來到21樓，一進到這個樓層，大家明顯感到緊張的氣氛，整個樓層都被警察控制，鄰居們被要求留在家裏，博士向一個警察説明來意，隨後被領到了2101房間。

「博士，你來了。」歐文看到博士，連忙走來，他開門見山，「受害者已經被送到醫院了，醫院剛才打電話來，經過及時輸血，病人已經蘇醒。不過這次的受害者是一個公司員工……」

「不是學生了？」博士愣了一下。

「是的。」歐文説，「26歲，和另外一個女孩合租了這間公寓，兩人各住一個房間，那個女孩被敲門聲驚醒，發現室友昏迷，脖子上有血……」

「我們要馬上看案發現場！」博士快步向裏面走去，他指了指一個大門敞開、門口站着一個警察的房間，「是這裏？」

　　歐文點點頭。博士他們進到房間裏，保羅急忙對着房間掃描，博士發現，一把椅子倒在門前，椅子腿斷了一根，門上被砸了一個大洞。他快步向前走了幾步，來到受害者的牀旁，牀旁的地板上，有兩滴剛剛乾的血滴，這裏被警方放置了一個痕跡號碼牌。

　　「博士，有魔怪反應！」保羅突然大喊一聲。

　　房間裏的空氣頓時極其緊張，只見保羅跳到了寫字枱上，寫字枱上有一台手提電腦，電腦旁有一摞書，保羅的雙眼盯着枱面。

「這枱面上有極其微弱的魔怪反應！」保羅説道，「非常微弱，但確定是魔怪反應。」

本傑明和海倫各持一台幽靈雷達，對着桌面開始探測，但他們沒有任何發現，他倆互相看看，都搖搖頭，不過大家都知道，保羅的魔怪探測系統要比幽靈雷達靈敏很多。

保羅已經從寫字枱上跳了下來，他跳到窗台上，對着窗外發射了十幾道探測聲納，可他沒有收到任何反饋。

「寫字枱上的魔怪反應很淡，估計兩天後就完全消失了。」保羅説，「我收集了這個反應，現在正在分析……稍等……啊，不行，收集的反應資訊太少，只能判斷魔怪最近在這裏停留過。」

「他……站在寫字枱上？」博士像是自言自語，他看着寫字枱上的電腦，隨手翻了翻旁邊的書，「魔怪長時間停留的地方才會有痕跡，而且停留時間越長，痕跡反應越強，這麼淡的痕跡説明停留時間不長……」

説完，博士又在房間裏看了看，隨後轉身來到站在門口的歐文身邊。

「那個發現受害者的室友，還在吧？」

「在自己房間裏，我們的一個女警和她在一起。」

「我去問問情況。」博士説着向另外一個房間走去。

他們推門進了那個房間，一個女警立即站了起來，歐文對她點點頭，作了一個簡單介紹。博士看到一個年輕女孩坐在椅子上，面帶淚痕，眼神充滿了恐懼。博士直接就判斷出她只是個普通人，和任何魔怪扯不上一點關係。保羅用儀器對這個女孩也做了探測，沒有發現她有任何和魔怪接觸過的反應。

「你好，我是魔幻偵探南森。」博士坐到那個女孩對面，「請問你的名字……」

「蘿拉。」那女孩輕輕地説。

「你的室友叫……」

「艾薇。」

「好的，那麼請説説剛才的情況吧，是你報警的？」

「是的。」蘿拉還在微微顫抖，「我和艾薇今晚回到各自房間休息，我睡着後聽到有人在用力拍門，我就醒了，問是不是艾薇，但是沒有人回答，依舊只是拍門。我起身去開門，奇怪的是門口沒有人，而客廳燈開着，艾薇房間的門也開着，我就走了過去……」

蘿拉説到這裏，深深地吸了一口氣，博士連忙讓她慢慢地説。

「我⋯⋯我看到房間開着燈，艾薇躺在那裏，手垂着，我感覺出了什麼事，我叫她，她也不答應。」蘿拉越發驚恐起來，她又哭了出來，那個女警連忙上來安慰她，蘿拉停頓了一會，看着博士，「我走近一看，發現她的脖子上有兩道血印，我差點倒在地上⋯⋯」

蘿拉説着，捂着臉哭了起來，女警繼續安慰着她，博士在一邊等，沒有急着發問，他很了解此時當事人的感受，能清楚地表達意思的當事人已經很不錯了，很多人在這種情況下，都是語無倫次的。

哭了一分鐘，蘿拉好些了，她抽泣着告訴博士，自己隨後就報了警，警察也非常快就趕到了。

「你沒有聽到艾薇的房間有巨大聲響嗎？」博士問，他看到案發房間被砸壞的椅子，知道吸血鬼又用椅子砸門了。

「沒有。」蘿拉説，「我這個人只要睡下去，一般的聲響是吵不醒我的，我醒來也是因為有人連續拍門。艾薇和我相反，有一點動靜就會醒。」

「明白，有些人是睡得很沉。」博士點點頭，「對了，你們最近去過墓地、古堡或深山嗎？」

「去年，大概一年多了，我倆和另外幾個朋友去過阿

49

根廷，我們去看鯨魚，今年的還在計劃中……」

「看鯨魚……這個不算。」博士打斷了蘿拉，「你們是很好的朋友吧？」

「對，以前不認識，合租成為室友後，我們成了朋友。」蘿拉說，「我們常去咖啡館，還去聽爵士樂，去42街看舞台劇，我們下午本來想去杜菲廣場的折扣票亭買票，後來艾薇說有點累了，就回家了，沒想到晚上……」

說着，蘿拉又開始抽泣起來，博士本來想再問幾個問題，看到她哭，沒有發問。過了半分鐘，博士看她情緒穩定了。

「你放心，她不會有事的，但是要治療幾天。」博士安慰着蘿拉，「你們都在曼克頓上班嗎？是做什麼工作的呢？」

「我們都是職員。」蘿拉說，「我在一家貿易公司工作，她在一家商場的物流部門工作。」

「你們最近或者以前沒有得罪過什麼人吧？而且這種人看起來比較怪……」

「沒有，從來沒有。」蘿拉連連擺手，「我沒有，我知道艾薇也沒有。」

「昨天晚上沒有邀請誰到家裏來吧？」博士看看手

50

錶，此時已經是凌晨三點了。

「沒有。」蘿拉搖搖頭。

「好的。」博士說着站了起來，「你好好休息，會有魔法師來保護你和艾薇的安全，警方也會提供全面的保護，你可能要搬離這裏一段時間⋯⋯」

「我不要住在這裏了！」蘿拉情緒激動地站了起來，「先生，艾薇是受到吸血鬼的攻擊吧？」

「你怎麼知道？」博士一愣，隨後有些嚴肅地看着蘿拉，他知道蘿拉報警完畢後，警方就一直讓她在自己房間裏等。

「最先趕到的警察說的。」蘿拉解釋道，「當時我站在門口，那個警察說『脖子上有牙印，又是吸血鬼攻擊，快叫那幾個倫敦魔法師來。』我想他找的就是你們，你們的口音也是倫敦口音⋯⋯」

「嗯，是的。」博士點點頭，「這件事先不要對外去說。總之，我們會處理的，我們不會讓這種事再發生了！」

博士最後一句話，是一字一句地說的，蘿拉看着博士，充滿信服地點着頭。

從蘿拉的房間走出來，博士把歐文叫到了一邊。

「現場我看好了，保羅收集到了一些反應資訊，但只能證明那個房間剛才確實有魔怪。我們先回酒店，叫蘿拉的女孩完全沒有嫌疑，她受驚不小，也是受害者。」

「好的。」歐文面色非常凝重，「太可怕了，我現在最害怕電話響起。」

「我會儘快解決，放心吧。」博士說。

「你有線索了嗎？」歐文連忙問。

「會有的。」博士說着向門口走去。

大家返回酒店，一路上，博士都在思考，小助手們沒有打擾他。到酒店房間後，大家都圍着博士，由於第四宗吸血案件的發生，氣氛顯得很緊張。

「現在看來……」博士看看大家，「那個吸血鬼剛剛吸了血，這些血要消化，所以一天內他沒有再次作案的可能性。」

「這個我們學過。」海倫說，「不同血型的血液在吸血鬼體內會產生強烈反應，所以如果僅僅是嗜血，吸血鬼不大會短時間內吸取不同人的血液，這個介紹出自《倫敦版魔怪詞典》第五章「嗜血魔怪」的第三節「吸血鬼篇」，我說得對吧，博士？」

「我也看過。」本傑明跟着說，具體看沒看過，他也

不記得了，但不能輸給海倫，「不過也只有一天呀。」

　　「能保證不作案的時間確實只有一天。」博士點點頭，「今天是12月16日，距離上一次案件發生有一個多星期，四宗案件的發生都有一個間隔期，最長相隔21天，這次有9天。我判斷這個吸血鬼隔一段時間出來作案不是因為等待消化時間，因為消化掉他吸的血最多一天，具體的原因，還要我們來尋找。」

　　「你是説我們還有一定的時間阻止第五宗案件的發生？」海倫問。

　　「是這樣的。」博士看着窗外，夜晚的紐約，很多大

博士和小助手們能阻止第五宗案件發生嗎？

樓依舊燈火通明，「一定要阻止第五宗案件的發生，這種連環案件，一旦兇犯開了一個頭，如果不被抓到，基本就會持續下去。」

「幸好受害者們僅僅是受傷，吸血鬼作案後還提醒旁人急救。」本傑明想了想，一副百思不解的樣子，「真是好奇怪的案件呀，好克制的吸血鬼！」

「你還表揚起他來了！」海倫不滿地說。

「不是表揚，只是奇怪。」本傑明反問，「你見過這樣的魔怪嗎？」

「確實奇怪……」博士說，「我們先休息，明天看看受害者的狀態，爭取向她詢問一些情況，今天這個案件……擾亂了我的思維……」

「我知道什麼原因。」海倫立即說，「本來受害者都是學生，現在突然出現一個職員，共同點沒有了……」

「確實是這樣。」博士點點頭，「先休息，補充能量，這樣疲於奔命不調整，無法保持清醒的頭腦……」

大家全都去休息了，客廳裏只剩下保羅。這次保羅可沒有再去看卡通片，此時已臨近早晨，遠方的天空微微泛白，保羅瞄了一眼電話，他知道電話應該不會再突然響起，但仍不禁向那裏多看了幾眼。

第五章 探測中城

第二天，博士他們起得都比較晚，臨近中午的時候，博士給歐文打了一個電話，詢問受害者艾薇的病情，歐文說艾薇送到醫院後立即輸血，很快就恢復過來，但是她得知了自己的經歷後，情緒上有些波動，醫院安排了心理醫生對她進行輔導，這一天應該是不能對她問話了。

博士放下電話，他叫保羅把昨晚拍攝的事發房間錄影片段播放給他看。海倫和本傑明都坐到沙發上，和博士一起看，不過本傑明可沒有什麼特別的發現。

「這次有一點點不同呀！」錄影片段播放完畢，博士對幾個小助手說，「吸血鬼砸門，椅子腿都斷了，但是蘿拉睡得太熟，根本就沒聽見，所以他直接去拍門了。」

「一定是這樣的。」海倫說，「吸血鬼不叫醒蘿拉救助艾薇，艾薇就有可能死去。」

「這個吸血鬼，是不是以為只要不弄出人命，魔法師聯合會或者警方就不追究他了？」本傑明說，「要是這樣想，他可太天真了！」

「是你這樣想吧？」海倫的話略帶些諷刺。

「是的，不過這不是一種假設嗎？」本傑明看看海倫，有點不高興了，「博士說我們進行案件偵破的時候就是要有幾個假設，這是破案時必須的技巧……」

「哦，又要開始了。」博士連忙擺擺手，「我知道，調查剛剛展開，第四宗案件又發生了，大家都有點緊張，也會比較急躁，但是這樣會影響我們的調查。」

博士這樣一說，本傑明和海倫都不再說話，本傑明此時確實連和海倫爭吵下去的慾望都沒有了，他滿腦子都是案件，海倫也一樣。

「我說過，第四宗案件的發生，打亂了我的思路。」博士開始講自己的想法，「本來利用學生這個共同點，我想從學校方面入手，但是職員的遇襲，這一方向應該是沒什麼大的必要了，那麼吸血鬼不是專找學生下手，他作案是不是隨機的？這一點很關鍵。」

「這些人還有沒有別的共同點呢？」海倫皺着眉頭說，「第一個是一個高中生，很普通的那種，第二個是個愛玩遊戲的小學生，第三個是個大學生，第四個是個職員，都沒什麼特色。哦，第四個喜歡去咖啡館，看歌舞劇，好像紐約的年輕白領大都喜歡這樣的生活。啊，對

了，我們收到的案件報告上説前三宗案件的受害人互相都不認識，第四宗案件的艾薇我看應該和他們也沒有聯繫。」

「是呀！」博士輕輕搖搖頭，「難點就在這裏。」

説着，博士站了起來，他走到寫字枱前，從抽屜裏拿出了一張曼克頓的地圖，走過來鋪在沙發前的茶几上。

「我來看看案發的地點。」博士把四宗案件的案發地都圈出來，隨後看看地圖，「嗯，4街到49街，這裏是⋯⋯」

「曼克頓的中城區域。」海倫看着地圖説，「4街算下城，但距離中城很近了。」

「嗯，也就是説那個吸血鬼最有可能就是隱藏在這個區域。」博士説，「當然，他也有可能住在其他區域，但是每次都來中城作案，是什麼原因？熟悉地形？曾經居住過？現在可以肯定，他和中城這個地方一定有某種聯繫！」

「博士，我一直在想一個問題。」海倫看了看博士。

「你説。」

「絕大多數吸血鬼只有被邀請進受害者家裏，才能作案，否則就是溜進人家也是無法作案的。」海倫説，「那

麼這個吸血鬼是怎麼被邀請的呢？所有受害者都説沒有邀請過任何人到過家中。」

「也許是一個特例，很厲害的吸血鬼。」博士沉重地説，「那樣這個吸血鬼的危害可就太大了，不過我不這樣認為。」

「為什麼？」海倫和本傑明一起問。

「如果有這種能力，他可以隨便去哪裏作案，不必一直在曼克頓的中城作案了。」博士説，「四處流竄作案是最難打擊的犯罪行為，這點無論是人類世界的警察還是魔法警察，全都知道。同樣，作案者，無論是普通作案者還是魔怪，也都知道這一點。」

「對，就是這樣。」保羅一直在旁邊聽着，「博士，也就是説那個吸血鬼就隱藏在中城，離我們很近，也許就在附近的哪棟大樓裏……」

「我們這裏是下城。」本傑明糾正道。

「差不多啦。」保羅搖着尾巴説，「反正是在附近，我要不要去試試，到街上找一找，我的魔怪預警系統如果説是全世界第二，我看看誰敢出來説他的是第一……」

「可是紐約的魔法師對中城已經進行了大規模調查。」海倫説。

「老伙計説得沒錯。」博士看看大家，微微一笑，「局面暫時打不開，不妨出去走一走，但我可沒想過保羅能夠立即探測到魔怪，這可是千萬分之一的概率，除非那個吸血鬼和我們都在一個公園的同一張長椅上休息。」

大家都笑了起來，保羅更加興奮了，因為他馬上就要出去了。

「説到概率我最擅長！」保羅晃着腦袋，「我判斷這次出去探測到吸血鬼的概率是……概率是……別管啦，先出去再説……」

説着，保羅向門口跑去，海倫他們都笑了。海倫把頭靠近本傑明，「我估計概率應該是負數，哈哈哈……」

他們一起出了酒店，酒店不遠處就是地鐵站，紐約的交通的確四通八達，而且極為方便，他們在下城北面的23街下了車，走到街上面，大街上人來人往，很熱鬧。

「這裏的街道橫平豎直，當初設計的時候，一定是用直尺畫出來的。」本傑明看着筆直的大街説道，「這麼大的中城，我們走哪條街呢？」

「去的時候走第五大道，回來的時候走第六大道。」博士作出了決定，「這裏的大樓最為密集，我們走走看吧。」

　　他們很快來到第五大道上，一直向北走去，這條時尚大道上的行人可真不少，街道兩側一家家的名牌商店吸引着無數來自世界各地的遊客。不過魔幻偵探們此時可沒有觀光的心情，保羅一邊走，一邊對街道兩側的大樓發射探測信號，海倫和本傑明則用手中的幽靈雷達對着大樓的窗戶探測，他倆各探測街道一側的建築。

　　博士一邊走，一邊看着那些高聳入雲的大樓，他判定吸血鬼就隱藏在某棟大樓中，但是這樣大的區域、這樣密集的大樓，他感到很無力。他走到一個櫥窗前站住了，眼睛看着櫥窗裏的女士箱包。海倫和本傑明也都站住了，他倆很好奇。

　　「博士，」海倫小聲地問，「你要買這個？」

　　「這棟建築的外牆厚度有70厘米，」博士用透視術探測着大樓的牆壁，「其他建築也差不多，除非吸血鬼靠近窗戶，否則我們的探測射線很難有效地穿透進去。」

　　「是的，發射在牆壁上的信號很大一部分被反射回來。」保羅站在博士的腳邊，「穿透進去的則會減弱很多。」

　　「試試運氣吧！」博士回頭看看大家，「希望吸血鬼正在從某個窗戶向外看。」

　　博士的話有些自嘲，不過他還是繼續向前走去，海倫他們跟在後面，繼續進行探測。本傑明對博士的話很在意，總是把幽靈雷達對着大樓的窗戶探測。

　　海倫的幽靈雷達上安裝了城市地圖，所以儘管是第一次走在這條路上，她也能知道自己的位置，能了解周圍的街道和建築，並且能查詢到各個建築的文字介紹。

　　「啊，博士。」海倫指着前面的一棟高大的建築，「那裏是紐約公共圖書館，世界上最大的圖書館之一。」

　　「嗯。」博士點點頭，他也看到了那幢建築。

　　「大門兩側各有一個石獅子。」海倫説着已經走到了一個石獅子下，「根據紐約人的説法，圖書館大門南側石獅子的南面就是下城，北側石獅子的北面就是上城，這裏算是分界線。」

　　「好大的圖書館！」本傑明向走廊上的大門張望了一下，「不知道有沒有《如何讓你的同學變得更傻而他自己卻不知道》？」

　　「本傑明，你真會煞風景！」海倫不滿地説了一句。

　　「怎麼了？這本書很好看！」本傑明説，「匆匆出來，我才看了兩頁……」

　　他們繼續向前走去，博士臉色凝重，他一直在思考問

題。海倫邊走邊介紹，她似乎忘了自己來的目的，好像變成了一個遊客。

「啊，這裏是洛克菲勒中心，是由18幢摩天大樓組成的城中城，各座樓的底層相通。」海倫看着雷達上的介紹，「這裏被認定為歷史地標呢！」

「可真高呀！」本傑明仰着頭，看着高聳入雲的樓羣，感歎起來，「保羅，要是那傢伙藏在這幢大樓的樓頂，你的探測射線到達不了那麼遠吧？」

「距離沒有問題。」保羅也仰着脖子看着那些大樓，「但是牆壁會遮蔽，本來由於距離就減弱的信號，遇到牆壁，就完全沒有作用了。」

「但願他沒有藏在那裏。」本傑明繼續感慨着，「他會是一個怎樣的傢伙呢？平日裝扮成上班的職場人士？在某幢大樓裏坐辦公室？」

「走吧！」海倫回頭叫了一句，博士已經走遠了。

本傑明快步跟上，海倫邊走邊繼續介紹。

「博士，前面就是中央公園了。」海倫跟在一直一言不發的博士身後，提醒道，「那邊算是上城了。」

「到上城了嗎？」博士停下腳步，回頭看看海倫，「那麼我們走另外一條街回去。」

他們轉到了第六大道，開始往回走去，這條大道上仍然熙熙攘攘，曼克頓給他們的感覺就是沒有不熱鬧的地方，倫敦還是有一些比較僻靜的道路，他們則一直穿梭在人海之中。

和第五大道平行的第六大道同樣是高樓聳立，如果不是長久居住或者是看路牌，這裏的高大建築和第五大道的沒什麼區別，他們一直往回走着，博士不時地觀察着兩側的大樓，他基本上沒怎麼說話，本傑明和海倫也不去打擾他。

「今天是我這幾年探測信號發射最為頻繁的一天。」保羅看了看海倫，「回去我要好好喝些潤滑油，我的能量消耗很大。」

「我的幽靈雷達都快沒電了，不過我還有備用電池。」海倫說，「頻繁發射信號是要耗費很大能量。」

他們說着話，很快，又走回到了23街。海倫告訴博士他們已經離開中城區域了，博士提議回酒店，他們於是向地鐵站走去。

第六章　模糊的線索

回到酒店後，大家都感到很疲憊，保羅喝了半桶潤滑油，立即能量滿滿。博士他們可沒這麼快恢復，博士一回來就靠在沙發上休息，過了一會，他去給歐文打電話，確定這天無法去詢問醫院裏的艾薇，他告訴海倫和本傑明暫時沒什麼工作了，自己則拿了一張紙，在寫字枱那裏寫畫了半天，這一天他們很早都去休息了。

第二天早上，博士先接到了歐文的電話，歐文説艾薇康復得很快，她昨天輸過血後很快就清醒了，但她知道了實情，心理上接受不了自己被吸血鬼襲擊的事實，通過心理醫生的輔導，目前不再那麼恐懼了。醫院方面説上午還要對艾薇進行身體檢查，下午心理醫生還要進行一次輔導，隨後就可以接受問話了。

博士他們只能在酒店裏等待，本傑明和海倫很不甘心，他們帶着保羅又去了一趟中城，在第七大道和麥迪森大道走了一遍，結果當然是一無所獲。他們回到酒店後，博士叫保羅把四個案發現場的錄影片段又播放了一遍，他

拿着紙筆，邊看邊記着什麼。

下午五點多，歐文打來電話，説艾薇完全可以接受問話了，具體的問話時間定在七點。博士他們準時在七點趕到醫院，歐文就在醫院的門口等，他們一起來到艾薇的病房，艾薇看上去氣色不錯，她是一個金髮女孩。

「你好，我是倫敦魔幻偵探所的南森。」博士進到病房，先作自我介紹，隨後他指了指海倫他們，「這是我的助手們：海倫、本傑明和保羅。」

艾薇好奇地和海倫他們問好，當然，她最好奇的是會説話的保羅。

「你現在好些了吧？」博士坐在一把椅子上，問道，「我聽歐文先生説，你出院後要去康湼狄格州休養一段時間？」

「是的，我真不想回到那個可怕的房間了。」艾薇憂鬱地説，「我父母家在康湼狄格，我是在那裏長大的，公司也批准了我的假期，他們很關心我，總經理説無論我休息多長時間都可以，他們明天來探望我。」

「很好，看來你在公司是個可愛的姑娘。」博士笑了笑，「好好調養一下吧，沒關係的，我們魔法偵探經歷過的此類事情比較多，受害者一開始都很恐懼，慢慢就會

恢復，關鍵是我們能找到那個傢伙，不會再讓他出來害人了。」

「拜託你們，一定要儘快抓住他。」艾薇的語氣充滿懇求。

「請放心。」博士的語氣很堅定，「我通過你的室友和朋友蘿拉了解到，你們最近沒有去過墓地、古堡這種地方，案發當晚也沒有邀請過人去你們寢室。那麼我想知道的是，艾薇小姐，你有沒有得罪過什麼人？當然，人們對此的理解不同，有時候你得罪了誰也許自己並不知道，那麼你或者可以想一下，你身邊有什麼行為古怪的人嗎？」

「我真的沒有得罪過誰。」艾薇仔細想了想，慢慢地說，「我從來不和人爭執，遇到不高興的事，我就是喜歡哭……請原諒，我就是這樣……至於古怪的人，我不認識，我認識的人都很正常。」

「很好。」博士點點頭，「你平時的生活呢？蘿拉說你們喜歡去咖啡館，還喜歡看歌舞劇？」

「是的，我和她是好朋友，經常逛街，去喝咖啡，或者看歌舞劇。」艾薇說，「啊，對了，我還喜歡看書，那天下午我先去了公共圖書館借書，出門後接到蘿拉的電話，說晚上一起去看歌舞劇，要我和她一起去買票，我說

累了，就先回寢室了。要是那晚我們一起去看歌舞劇，吸血鬼也許就不來我們寢室了，誰知道呢？」

「這個……」博士還真是不好回答這句話，「也許吧……」

「真是夠倒霉的，居然被吸血鬼襲擊，我今後再也不要回到那個房間了！」艾薇憤憤地說，「連那幢大樓我也不要經過了。」

博士明白，艾薇這種類型的受害者，是屬於反應比較大的那種，畢竟每個人的感受都不一樣。

博士請艾薇多注意休息，隨後說問話結束了，他站起來向艾薇道別，快走到門口的時候，博士突然站住，並轉身看着病牀上的艾薇。

「你是經常去圖書館借書嗎？」博士問。

「是的。」艾薇點了點頭。

「好的，謝謝。」博士說着就向外走去。

博士邊走邊看手錶，海倫發現他的表情非常嚴肅，他們來到電梯前，歐文按下了下樓的按鍵。

「馬上回去，這個案件有眉目了。」博士的眼睛直直地看着電梯門，淡淡地說。

「哦……」歐文先是點點頭，隨後吃驚地看着博士，

「啊？」

海倫和本傑明非常高興，但是並沒有多問，因為他們發現博士依舊皺着眉頭，還在思考着什麼，這種情況下，小助手們是從來不去打擾他的。

回到酒店，博士立即叫保羅再把那四宗案件的錄影片段播放一遍，不過這次播放的時候，博士叫保羅時不時地快進，所有的畫面幾乎都停留在寫字枱和書架上，博士非常仔細地觀察着這樣的畫面。

「連環案件，一定有着一種或者一種以上的聯繫。」博士説着拿出了前幾次看錄影片段時記錄的簿子，「就像是一條或者多條線，把整個案件連接起來，而我們要做的，就是找到這條線，它最終會把我們引向元兇！」

説着，博士把前幾天自己在簿子上寫的字給大家看，簿子上寫着「書，愛讀書」幾個字，並且打了重重的感歎號。

「這個……」本傑明疑惑地説，「這是什麼意思？」

「我們一起來做一個分析，你們隨時可以質疑或推翻我的推理。」博士説，「因為我目前也只是感到抓住了一條很模糊的線，似有似無，不是很清晰。」

「你繼續説，」歐文急切地説，「關於……書。」

　　「第一宗案件的格林，第三宗案件的瓊安娜，以及第四宗案件的艾薇，都非常喜歡看書，瓊安娜本身就是文學系的學生，艾薇的寫字枱上放着一摞書。」博士看看大家，「注意，這裏有一點我覺得很重要，現代的年輕人，看書的種類不同，相比之下，喜歡看流行小說、通俗小說居多，而我觀察到這三個人的書，基本都是世界文學名著……」

「哈，和海倫一樣！」本傑明不合時宜地插了句話。

大家都瞪着本傑明，本傑明吐吐舌頭，不說話了。

「這是巧合嗎？我覺得不是，這就是我們要找的線！」博士沒有理會本傑明，繼續說，「同時，我還有一個發現，就是艾薇的寫字枱上，有好幾本書，其中兩本的書脊上貼着公共圖書館的書目標籤，艾薇自己也說過，她案發當日去公共圖書館借過書！」

「是的，她去借過書。」本傑明疑惑地跟了一句。

「這些人本身都互不認識，但是他們愛看書，愛看文學名著，愛看書的人都會有圖書證，有一個地方能把這些人串聯在一起，那就是他們都會去的、他們家附近的、位於四宗案件中間位置的紐約公共圖書館！」

「他們會去圖書館？」歐文想了想，緩緩地說，「圖書館裏……有吸血鬼……」

「你說的就是我找到的很模糊的答案，」博士看着歐文說，「我目前缺乏的就是證據了。」

「博士，我完全相信你說的這三個愛讀書的人有紐約公共圖書館的借書證，而且經常去，我自己也有圖書館的借書證呢，但我有個疑問。」海倫舉手示意，博士點了點頭，「你還遺漏了一點，就是那個小男孩安迪，他自己也

72

説了，他只喜歡玩遊戲，他的房間裏可沒有世界名著。」

「沒錯！」博士看看海倫，「安迪不喜歡看世界名著，但是他會看漫畫書，這類書圖書館也能借到，事實上我在他的房間裏看到了幾本漫畫書。所以，他應該也有圖書證，只要有圖書證，他就能幫助別人借書，當然，這是一個假設，我們要做的，就是求證這個假設。」

「我、我還是不太明白……」本傑明這時着急了，「圖書館把他們聯繫在一起又怎樣？吸血鬼藏在圖書館裏嗎？他會跟着受害者回家嗎？受害者沒有邀請過誰呀，讀者那麼多，吸血鬼為什麼要專門跟着他們呢……」

「我只能説，我們距離最終答案越來越近了。」博士説着站了起來，「待會等我打過這幾個求證電話，真相應該就站在我們面前了。」

「博士，我相信你的判斷。」海倫也站了起來，她有些激動地看着博士。

「博士打好電話後找到原因的概率在……哦，90%以上。」保羅搖晃着尾巴，「這是我最新統計的結果。」

第七章　一本書

博士笑着點點頭，他走到電話旁，歐文走過去，遞給他一本簿，上面有受害者的聯繫方式。博士看了看，隨後拿起電話，首先撥打了格林的電話。他先向格林作了自我介紹。

「……南森先生，你好。」電話裏傳來格林的聲音，「你有什麼事嗎？」

「打擾了，我是想問問，你有沒有第五大道上紐約公共圖書館的借書證？」博士問。

「有的。」

「案發當天，你……」博士看了看大家，頓了頓，他似乎有點小小的緊張，「……是否去過這座圖書館？」

「去了，」格林説，「我去借書了。」

格林的聲音通過聽筒傳了出來，海倫頓時做了一個激動的手勢，差點喊出來。

「好，那麼我再問一下，你有沒有遇到什麼奇怪的事，我是説在圖書館裏，你仔細想想。」博士繼續問。

「……沒有，我想想……」格林有幾秒鐘沒説話，「真的沒有，一切都很正常，我借了兩本書就回家了。」

「那你借了兩本什麼書？」

「狄更斯的《大衛·科波菲爾》和惠特曼的《草葉集》。」

「很好，非常感謝，晚安。」博士説着放下了電話。

「博士，他有借書證，他那天也去了圖書館。」海倫激動地説。

「真是……神奇。」本傑明也感覺到了什麼，他知道距離真相的確越來越近了。

博士擺擺手，隨後撥通了第三個受害者瓊安娜的電話，瓊安娜的聲音很快從聽筒裏傳出。

「瓊安娜小姐，我想知道你是不是有第五大道上的紐約公共圖書館的借書證？」博士問。

「當然有，我可是學文學的。」

「案發當天，你去過那裏嗎？」

「去了。」

「閲覽還是借書？」

「借書，我借了一本《草葉集》，1867年第三版，波士頓麥克希爾出版公司出版。」

　　歐文和海倫猛地都意識到了什麼，他們互相看了看，都屏着呼吸。

　　「很專業。」博士説，「為什麼要借這個版本，有什麼特殊的地方嗎？」

　　「是的，我準備寫一篇有關惠特曼的論文，我們看到的《草葉集》大都是1891年最終修訂版，第三版很少，內容和最終版也有些不同，紐約公共圖書館裏好像只有這一本書外借。」

　　「哦！」博士説，「那麼你是什麼時候還這本書的？」

　　「案發一、兩天後吧。」瓊安娜説，「案發後我住院，哪有心思看書，就叫我父親把書都還了，別人也許等着看這本書呢。」

　　「謝謝，我明白了，非常感謝……」博士放下電話説，「他們都借了《草葉集》這本書，這種名著在圖書館裏可不止一本，如果是同一本書，問題大概就在這本書上。」

　　那麼格林借的是不是這個版本呢？

　　「……喂，你好……」電話裏傳來了格林的聲音。

　　「啊，你好，我是南森，不好意思打擾了，我還有一

76

個問題。」博士連忙說，「請問你還記得案發當天你借的那本《草葉集》的版本嗎？」

「1867年波士頓一家公司出版的，第三版，很少的版本。」格林說道。

「記得很清楚呀，為什麼記得這麼清楚？一般我們看書都不看版本的。」博士繼續問。

「我可是個文學愛好者，事實上我一直準備上大學的文學專業。」格林說，「《草葉集》我早就看過，但是這個版本我從未看過，我在書架上找到這本書，看了看內容，和普通版本不一樣，就借走看了。」

「你是什麼時候把這本書歸還的？」

「不是我還的，我叫我媽媽還的，大概案發後兩、三天她幫我還了。」格林說，「我那時候根本就沒心情看書。」

「我很理解。」博士說，「那麼謝謝，晚安。」

他剛放下電話，一直不敢說話的海倫、歐文和本傑明就興奮地議論開了，全部的焦點此時都集中在了那本1867年出版的《草葉集》上。

「我現在打給安迪，」博士說着又拿起電話，「這也是一個關鍵點。」

博士撥打了安迪家的電話，是安迪的媽媽接的電話，她喊來了安迪，安迪在電話裏大聲問好，還問博士吸血鬼的下落。

「安迪，聽我說，你是不是有第五大道上紐約公共圖書館的借書證？」博士看安迪又要開始喋喋不休了，連忙打斷他。

「有的。」安迪說，「怎麼了？」

「案發當天，你去過圖書館吧？還借過書？」

「對。」安迪有些吃驚，「你怎麼知道？」

「你借了什麼書？」博士沒有回答他，繼續問。

「幾本漫畫書，還幫我表哥借了本書……」

「幫你表哥借書嗎？」博士語速很快。

「是的，他在布魯克林，他自己的圖書證丟了，還在補辦中，他要來我家住幾天，讓我給他借本書看。」安迪說，「嗨，這傢伙雖然是我表哥，但是還沒有我高，他玩遊戲的技術太差了……」

「你幫他借了一本什麼書？」博士大聲地問。

「樹葉……小草……」安迪想了想，「大概和植物……」

「《草葉集》？」

「對，就是這本書，他最喜歡看這種無聊的書。」安迪連忙說，「他說了書名，我找到了，同樣的草葉……集，有好多本呀，要是漫畫書每本都有這麼多，我就不用預約排隊了，等人家看完我才能……」

「是不是1867年波士頓麥克希爾出版公司出版的第三版？」

「你說什麼呢？波士頓？」安迪疑惑起來，「嗨，我有個同學叫麥克希爾，他說他今後要去NBA打球……」

「好了，安迪。」博士被健談的安迪搞得有點頭痛，「你能描述一下你借走的那本書的特徵嗎？比如說封面……」

「我隨便拿的。」安迪說，「啊，特徵也有，那是一本舊書，很舊很舊，和新書不一樣，新書很新，舊書很舊……」

「那本書呢？我是說《草葉集》。」

「我被吸血鬼咬了後第三天我老爸就幫我還了。」安迪說，「因為我表哥那個膽小鬼聽說我被咬了，不敢來我家了，我也不看這種無聊的書，就叫我老爸還了。」

「好的。」博士飛快地說，「安迪，謝謝你的幫助……」

「嗨，今天我下載了怒海之戰的最新版，我們聊聊⋯⋯」

「安迪，我真的還有事情，謝謝你⋯⋯」

博士放下電話，他平靜地看着大家。

「安迪當天也去過圖書館，根據描述，他也借了那本《草葉集》，是幫他表哥借的。」

「博士，你的判斷完全正確。」本傑明簡直佩服得無以倫比，「他自己不看這樣的書，但是會幫別人借。」

「全都和這本《草葉集》有關！」海倫一直處於激動的狀態，「只要找到這本《草葉集》，就能找到原因了！」

吸血鬼和這本世界名著有什麼關係嗎？

「還有最後一個電話。」博士説着再次拿起電話，大家都安靜下來，緊張地看着他，「《草葉集》也許還在案發的房間呢。」

電話裏很快傳來艾薇的聲音，博士首先禮貌地表示夜晚打擾很是抱歉，他知道艾薇有紐約公共圖書館的借書證，所以直接問艾薇案發當天借了什麼書。

「一本有關捷克旅遊的書，我想去那裏旅遊。」艾薇緩緩地説，「還有一本日本作家川端康成的《古都》，再有一本是惠特曼的《草葉集》，就這三本。」

「《草葉集》的版本還記得嗎？」博士平靜地問。

「舊書，波士頓一家出版公司出版的，哪家公司我不記得了，我喜歡那種感覺。」艾薇回憶着，「我想是19世紀出版的吧，這種書如果再老一點就進博物館了，不能外借了。《草葉集》我看過，但這個版本的我第一次看到。」

「好，我知道了。那麼，這本書你借回來就放到自己的房間了？」博士問，「你的室友——蘿拉沒有拿走看嗎？」

「哦，她對這類書不感興趣。」艾薇説，「我借回來就放到寫字枱上了，一頁都沒有看，就被襲擊了。」

「是和好幾本書一起擺放在寫字枱上嗎？」博士忽然有些急切起來。

「是的。」

「可是，我當時看到了那幾本書，裏面沒有《草葉集》，我們當時還錄影了，錄影顯示那摞書裏沒有《草葉集》這本書，《古都》我倒是看到了。」

「那我就不知道了。」艾薇說，「我就放在那摞書裏了，一定不會丟的，蘿拉已經把它還了，那天我借的書都還了。」

「還了？」博士叫了起來。

「是的，我沒心情看書，醫生也讓我靜養。」艾薇說，「那幾本書要是從康湼狄格回來再還，就快過期了，而且我也不想再回到那個房間，所以就叫蘿拉幫我還，她說都還了。」

「好的，我馬上給她打電話，謝謝你。」

博士放下電話，立即撥打了蘿拉的電話，蘿拉非常確定，《草葉集》這本書就在那一摞書中，她是昨天中午找到這三本書然後去還的，蘿拉還說，事發後她搬到了朋友家，接到艾薇請她幫忙還書的電話馬上去了案發公寓，因為她知道那裏還有警察看守，如果過幾天警察撤走，她可

不敢單獨去。

博士放下電話，立即叫保羅播放了一遍第四宗案件的現場錄影，畫面在那摞書定格，他們確實沒有找到《草葉集》這本書，而《古都》和那本介紹捷克旅遊的書都在。

「書還會跑嗎？」保羅看完錄影，一臉不解，「錄影中沒有，但蘿拉卻拿到了那本書，案發公寓出事後一直有警察把守，不會有誰闖進去放下那本書，這可真是太奇怪了！」

「保羅收集到的魔怪痕跡也在寫字枱上……我們暫時先不管這個問題……」博士不想在這方面糾纏過多，「我們來簡單疏理一下，那就是這本書被借走，出事，然後被還掉，又被借走，又出事，一共四次，每次相隔一段時間，只要被借走就出事！」

「是的。」歐文點點頭，「蘿拉說那本書昨天還了，我想想，應該不會被馬上借走，我也有下城圖書館的借書證，圖書歸還後一般會在一、兩天後才上架供再次借閱。」

「倫敦的圖書館也一樣。」博士說，「無論如何，現在我們去找那本書，既然蘿拉說還了，我們就去那本書的駐地！」

「對，找到那本書就能了解一切。」歐文看了看錶，「現在九點多了，圖書館關門了，但是一定有保安員，我們能進去。」

「老伙計，檢查好你的裝備。」博士此時非常嚴肅，「也許會有一場惡戰！」

「我的四枚導彈一直等待發射！」保羅威武地説，「就等你下令呢！」

「歐文先生，一旦遭遇吸血鬼，你不要上前。」博士看看歐文，叮囑道，「一切交給我們來處置。」

「我明白。」歐文説，「博士，你認為會和吸血鬼遭遇嗎？」

「必須做好這個準備。」博士點點頭，「那幢建築我看過，古老的建築，磚石極厚，難怪保羅探測不到。」

説着，博士向大門走去，歐文他們連忙跟上。一場大戰似乎即將爆發，大家都有些激動，同時也有些緊張，他們的對手，此時還是無影無形的，一切都要到了圖書館才會有答案。

第八章　公共圖書館

歐文開車，他們很快就到了第五大道上的紐約公共
圖書館，歐文把車停在圖書館旁的街道上，他們下了車，
博士抬頭看了看這個他曾經經過的地方，第五大道上此時
已經不見了白天的人來人往，只有汽車川流不息，圖書館
門口的兩頭石獅子威嚴地趴在那裏，整座圖書館豎立在黑
壓壓的天空背景下，顯得有些壓抑。

「全美最大的公共圖書館！」海倫站在博士身後，一字一句地說。

博士點點頭，隨後向台階邁去，圖書館此時大門緊閉，只是在門口亮着一盞燈。他們拾階而上，來到了左側大門前，歐文看到門旁有一個門鈴，於是按下了門鈴。

「鈴——鈴——鈴——」門鈴急促地響起，他們似乎是多年來僅有的夜晚造訪者，門鈴響了半天，只見門後有個影子一閃，隨後傳來一把聲音。

「誰呀？」

一張臉出現在門框上的玻璃後，博士他們看到一個保安員站在門口，好奇地向外看着，這個保安員當然在想，誰大半夜的跑來借書？

「警察查案。」歐文向保安員出示了警察證件。

「查案？」那個保安員有些疑惑，不過馬上打開了門。

「突發事件。」歐文邊解釋邊進門，保安員打開了一盞壁燈，「請問你是……」

「蒙特雷。」保安員說道。

「好的，蒙特雷先生。」歐文說，「目前這裏有幾個保安員？」

「兩個，後門是蘭帕德。」蒙特雷説，「他一定在開演唱會呢！」

「演唱會？」歐文一愣。

「就是在後門值班室唱歌，他總是叫我去聽，我才不去，唱得太難聽了⋯⋯」

「嗯。」歐文點點頭，他向圖書館裏面看了看，「聽着，蒙特雷先生，我們要找一本書，惠特曼的《草葉集》，請問這本書放在什麼地方？」

「這麼晚興師動眾，就是要借一本書嗎？」蒙特雷驚叫起來，「警察先生，你這是利用職權，可是這是為什麼？《草葉集》又不是什麼借不到的書，白天來一趟就可以了，你沒有借書證嗎？」

「不是這樣的！」歐文有些生氣了，但是也不可能多加解釋，「我是在查案，你只要告訴我這本書放在什麼地方就行了，你知道嗎？要不要去電腦上搜索？」

「二樓文學室二廳，第三排展架，按作者姓名第一個字母查就能找到。」蒙特雷説，「我每天都要巡視各個閲覽室，當然知道。」

「很好。」歐文語氣緩和很多，「昨天還的書，今天能重新擺放到書架上嗎？」

「基本上今天下班前就可以，最晚明早擺上去。」

「應該擺回去了。」歐文點點頭，隨後看看博士。

「蒙特雷先生，你給蘭帕德打電話，叫他在自己的房間，聽到任何動靜都不要出來看。」博士嚴肅地説，「你也一樣，你和歐文先生在一起。」

「哦，我知道了。」蒙特雷似乎察覺到了什麼，也不再多問了。

「博士，我發射了幾個探測信號，可是裏面的牆壁很厚，沒什麼效果。」保羅的身體對着圖書館裏，還在不停地發射信號。

「如果他真的在，進去後就能找探測到。」博士很有把握地説。

「小狗會説話呀！」蒙特雷一臉興奮，他看着保羅，「真是奇妙的夜晚……」

「先生，文學室二廳三排展架怎麼走？」博士看看蒙特雷。

「我帶你們……」

「不行。」博士立即打斷他。

「進入大廳，右側樓梯上去，正對樓梯口的大廳，進去後左面第三排展架。」蒙特雷聳聳肩。

「好的，你記住，不要開燈。」博士叮囑道，他看看歐文，「你們去值班室裏等着吧，無論有什麼響動，都不要出來。」

「好的，你注意安全。」歐文緊張地説。

「放心！」博士微微一笑，隨後對幾個小助手揮揮手，「我們走吧。」

他們走進了圖書館的前廳，前廳很大，中央位置有一個服務台，前廳的兩側，各有一個前往二樓的樓梯，博士他們來到了右側的樓梯口。

「我們上去後，保羅一定能探測到魔怪反應，你們的雷達也可以。」博士開始了部署，「我們包圍他，看到我展開攻擊，你們立即跟進！」

「他要是跑呢？是追還是炸？」保羅急着問。

「用追妖導彈炸他！」博士回答道，「可能會損失些書，但是沒辦法，人不再受到傷害才最重要。」

「好的，看我的吧！」保羅很興奮。

「走！」博士説着揮揮手。

大廳很寬敞，不過只是在最外面的牆壁開着一盞壁燈，所以光線不是很好，他們隱約能看清前面的路，但是更多的還是依靠相互的感知，這是他們多年訓練出來的夜

戰本領。

他們走上了台階，剛走幾級台階，保羅就拉了拉博士的褲腳。

「我探測到魔怪反應了！」保羅很激動，他壓低了聲音，「越來越清楚了，就在二樓。」

「好的，你來帶路。」博士說，此時不知道文學二廳在哪裏也無所謂了。

再向上走了幾級台階，快到二樓的時候，海倫和本傑明也搜索出了魔怪反應。博士他們極為小心地踏上了二樓，他們隱約感覺到，這裏有很多閱覽室，就在他們的對面，有一個閱覽室的大門敞開着。

「就在裏面。」保羅指了指正對面的那間大閱覽室，那裏正是文學室二廳。

「我的信號不是很強，但是能找到位置。」本傑明在博士身後小聲地說。

博士做了一個包圍的手勢，他們悄悄地來到文學室二廳的大門口，這個廳很大，廳的正面牆壁上有好幾扇高大的窗戶，室外有光線微微透射進來，使得這裏並不是那麼黑暗。博士看到廳的正中是四排平行的閱覽桌，大概有二十幾排，閱覽桌的兩側是圖書展架，一排一排的，即使

在黑暗中，也顯得很有氣勢。

博士做了一個包抄的手勢，海倫和本傑明心領神會，他們一前一後進了大廳，他倆的幽靈雷達上，已經鎖定了一個位於第三排展架的魔怪反應源，本傑明利用閱覽桌作為掩護，快速地繞到第三排展架的後面，海倫則隱藏在第三排展架的左側。

看到兩個小助手包抄到位，博士開始行動，本傑明帶着他從正面慢慢靠近第三排展架。靠近第二排展架的時候，博士彎腰躲進第一排展架和第二排展架之中。

「我先撒顯形粉，讓他顯身。」博士把頭靠近保羅，用極小的聲音説道，「目標顯現出來就攻擊！」

「可是博士……」保羅此時有些焦急，「魔怪反應有些奇怪。」

「怎麼？」博士愣住了。

「如果是一個魔怪，我的系統反應會極其強烈。」保羅説，「可是現在的魔怪反應並不強烈，只能證明魔怪曾經在那裏停留過，卻不可能有魔怪藏在那裏。」

「啊？」博士心裏一沉，「反應源具體定位是……」

「第三排展架，從下往上數第四個書層，靠近左側通道。」保羅説。

「跟上我。」博士説着小心地把頭探出了展架,隨後走出了展架。

博士越過第二排展架,慢慢地向第三排展架走去,很快,他就看到了豎立着的第三排展架,他唸了一句口訣,目光掃描着眼前的第三排展架,那裏的確沒有任何魔怪隱身。

「亮光球──」博士説着打亮了一個亮光球,閃亮的光球飛到第三排展架和第二排展架之間,把那裏照射得極亮。

博士大聲通知海倫和本傑明,展架那裏沒有魔怪,他倆都走了過來。的確,他倆的幽靈雷達上的信號也不強烈,這樣近的距離,根本測不到魔怪身形。

「這裏──」博士來到第三排展架前,他很快就找到了第四個書層,那裏有一排書,其中五本全是惠特曼的《草葉集》。

「反應源就是從這裏發出的。」保羅指着那排書説,「現在更強烈了,但是只能證明魔怪在這裏停留過。這裏的反應痕跡和我在艾薇的寫字枱上探測到的痕跡完全一致,是同一個魔怪留下的痕跡。」

「看來這裏就是他的棲身之所了。」海倫看着那個展

架説。

「沒有1867年那本書。」博士開始翻找那些書,「五本全都一樣,是紐約的出版公司出版的第九版。」

「沒有上架?」本傑明問,「還是又被借走了?」

「要是又被借走就麻煩了,一切都和那本書有關!」博士説着把書放回鐵製的展架上,他發現這個書層靠近走廊處的鐵架有一塊很明顯新刷過的油漆。

「我猜……魔怪一直躲在那本書裏,所以這裏會有強烈的魔怪反應,因為那本書沒有被借走時一直放在這裏,所以這個區域被魔怪反應污染了。」海倫想了想説,「那本書還被放在艾薇的寫字枱上,所以我們去的時候保羅找到了一點點魔怪反應,如果再晚點去,連這點反應也會消失。」

「藏在一本書的吸血鬼?」本傑明眨眨眼,「不過看起來好像就是這樣。」

「海倫説得對!我們現在去找保安員,看看那本書是不是還沒上架,或者是被借走了。」博士説着收起了亮光球,帶着海倫他們匆匆趕去保安員室。

他們來到保安員室,蒙特雷和歐文都緊張地看着他們。

「蒙特雷先生，我們能不能查到1867年版的《草葉集》的下落，它昨天被歸還，但現在書架上沒有。」博士沒有向歐文解釋什麼，直接問道，「是還未上架，還是被借走了⋯⋯」

「這個⋯⋯」蒙特雷指了指大廳服務台，「我可以把電腦打開，查一下那本書的狀態，我的許可權非常有限，但是能查到那本書是否還在圖書館內⋯⋯」

蒙特雷帶着大家來到服務台，他們進到圓形的服務台裏，蒙特雷先打開了一盞枱燈，隨後打開電腦，開始登錄。

「啊，這本書不在館內，被借走了⋯⋯」

「什麼？昨天還，今天下午下班前才能上架，中午就被借走了？」本傑明叫了起來。

「是一個預約。」保羅突然説，大家這才發現，保羅的雙眼射出兩道鐳射，鐳射直接連接到電腦的主機，「兩天前的網上預約⋯⋯」

「我知道了。」蒙特雷解釋起來，「這裏的操作完全是自助式的，借書者把要還的書直接放進回收帶，沒有預約的書則直接傳送到庫房，由工作人員收集後再次上架，而預約的書會直接傳送到預約處，同時電腦會自動向預約

者發送一封郵件，通知預約者預約的書可以借走了，如果書當天歸還，預約者及時趕到圖書館的話，下班前就能把書借走。」

「嗯，我們倫敦的圖書館也是這樣操作的。」海倫在一邊説。

「那麼這本書是誰借走的？」博士連忙問。

「我可沒有這個許可權，」蒙特雷説，「明天你們可以找館長。」

「哥倫比亞大學文學院的一個副教授，湯普森。」保羅一字一句地説，「公園大道133-59號，901室。」

「啊！」蒙特雷忽然明白了什麼，他指着保羅，「你、你入侵了我們圖書館的電腦系統，你、你……」

「我是紐約警察局的高級督察歐文。」歐文立即對蒙特雷説，「你需要的手續，我會全部給你補上，我有這個許可權。」

「哦，警察先生，我明白，我明白。」蒙特雷抓了抓腦袋，尷尬地説。

大家出了圖書館，歐文駕車向公園大道133-59號飛快地駛去。

「那個吸血鬼，不會已經動手了吧？」海倫看着窗

外，心急如焚，「距離第四宗吸血案已經過了一天，他又能作案了。」

「我這裏有警用台。」歐文指着車上的一處顯示幕，「按照慣例，吸血鬼害人後會通知家人，家人會報警，我這裏會同步顯示，現在看來一切正常。」

「那還好。」海倫的心情稍微放鬆了一些。

此時已經臨近晚上11點，曼克頓喧囂的大街總算是平靜下來，街上的車也少了很多，路邊幾乎沒有行人，這種安靜忽然讓大家都感到有些不適應，他們急切地想趕到那個副教授的家，偏偏不巧的是，歐文連續碰到幾個紅燈。

「還有多遠？」博士看着紅燈，問道。

「不到兩公里。」歐文看着儀錶盤，「就快到了，放心，我這裏什麼都沒顯示……」

「博士，躲在書裏的魔怪可太少見了。」本傑明説，「我們的裝魔瓶倒是也能裝進一個或多個魔怪，但怎麼會有躲在書中的魔怪呢？」

「還是一本世界名著！」海倫無可奈何地説。

「這種藏身的形式……」博士輕輕搖着頭，「確實罕見，只要抓到他，答案也會一起找到的。」

第九章　大戰吸血鬼

汽車再次發動，向目的地急駛而去，保羅掃描了自己所有的系統和裝備，完全正常並處於隨時應戰的狀態。

海倫和本傑明這時已經迫不及待地用各自的幽靈雷達對着前方開始探測了，車的前面有很多大樓，他們也不知道是哪一棟，但是方向明確。

前方，出現了一棟大樓，這棟大樓有二十層高，暗紅色的外牆，和周圍幾棟米白色的大樓不太一致，顯得比較突出，從外表看很容易辨別這是一棟公寓樓。

「就是這裏。」歐文説着把車開到大樓旁，接着他轉進樓旁的一條小路，把車停在一邊，博士他們立即下了車，他們抬頭向九樓位置看去，沒有什麼特別異常，整棟大樓的大部分房間燈已經熄滅了。

「我探測到了魔怪反應。」保羅走到博士身邊，「不是很清晰，但是有⋯⋯」

「博士，我的雷達時斷時續。」海倫也走到博士身邊，「有魔怪反應。」

「走，我們上去。」博士説道。

他們一行來到了這棟大樓的正門，推開旋轉門走了進去，大樓的大廳裝修比較講究，歐文向服務台走去，有個保安員正趴在那裏睡覺，歐文叫了一聲，那個保安員毫無反應，歐文推了推他，保安員終於醒了，這人四十多歲，他睡眼惺忪地看看歐文，有些疑惑。

「你、你們找誰？」保安員揉着眼睛問道。

「紐約警察局歐文。」歐文説着出示了警察證件，「我們在查案。」

「哦，警察先生，我叫薩爾，是這棟大樓的保安員，請問有什麼可以幫助的？」保安員薩爾説着站了起來。

「我們要去9樓。」博士接過話，「你不要讓任何人再進入這棟大樓，尤其是9樓，這裏可以出，但是絕對不能進。」

「啊？」薩爾感到了事態的嚴重，他張大了嘴巴，驚恐地看着博士。

「9樓有幾個住戶？」博士問。

「三……三個。」薩爾忙説，「901、902和903。」

「901室是不是住着一個叫湯普森的人？」

「是的。」

「誰和他一起住？」

「一家三口，他和太太，還有一個孩子。」薩爾很緊張，「啊，對了，他太太前天帶孩子去法國了，他太太是法國人，説是一周後回來，走的那天是我叫計程車的。」

「他在家嗎？」

「在，晚上六點多回來的吧，還和我打了招呼。」薩爾顯得很關切，「他有問題嗎？」

「你和我們一起上去。」博士對薩爾擺擺手，隨後對歐文説，「你留在9樓走廊，一旦打起來，可能有住戶出來查看，這時你一定要阻止他們。同時，你也要保護好自己，不管裏面有多大響動，千萬不要進來。」

「我明白。」歐文説着從槍袋裏掏出了一把槍。

薩爾驚呆了，他小心地跑到電梯那裏，按下了按鈕。不一會，電梯下來了，博士他們進了電梯，在薩爾驚恐的目送下，電梯門關上了。電梯門關上後，薩爾兩眼放光，顯得很興奮。

本傑明按下了9樓的按鍵，電梯開始向上爬升，大家都很嚴肅。

「反應越來越強烈了。」保羅説，他已經完全鎖定了反應源，「這樣強的反應，就是魔怪本身發出來的。」

電梯門一開，博士第一個走了出來，他查看了一下這一層的環境，發現這裏有三戶大門，兩戶門在走廊左側，一戶門在右側。

海倫很快就找到了901房間，他們輕手輕腳地走到了房門前。博士示意歐文停止腳步，歐文點點頭，鎮靜地拿着槍，站在一旁。

「就在裏面！」保羅指了指房間裏，小聲説。

「穿牆進去，海倫，你注意守着窗戶，本傑明，你注意保護好教授。」博士開始部署，他看看保羅，「這裏空間小，盡量避免發射導彈。」

大家都點點頭。

「擋不住我的心也擋不住我的形。」博士開始唸口訣，隨後，他穿牆而入。

小助手們也各唸口訣，在歐文驚異的目光下，穿牆而入。他們來到房間裏，房間裏一片黑暗，湯普森明顯已經休息了，保羅完全鎖定了魔怪，就在他們對面的一個房間裏，透射出極為強烈的魔怪反應。

保羅沒説話，只是指了指那個房間，大家利用夜視眼看到了保羅的手勢，他們輕手輕腳地向前走了幾米，全都站到了那個房間門口。

　　「擋不住我的心也擋不住我的形。」大家再次各唸口訣，一起穿牆進入到了房間。

　　一進房間，博士就看到一張牀的旁邊站着一個黑乎乎的影子，根據經驗，博士迅速判斷出那是一個吸血鬼，牀上躺着一個酣睡的人，吸血鬼的手已經伸向了那個人，脖子也探了過去。窗簾不是很厚，月光穿透進來，吸血鬼那尖尖的手指在微弱的月光下映襯出來，非常恐怖。

　　「啪嗒」一聲，博士沒有攻擊，而是摸到房門旁的頂燈開關，按了下去。

　　房間裏頓時亮了起來，吸血鬼根本沒料到這種情況，他正準備享用鮮血呢，突然的亮光使得他這種天生畏光的惡鬼猛地轉身，他捂着眼睛，同時觀察是誰開的燈。

　　房間裏的空氣完全凝固了，雙方誰都沒有説話，牀上的湯普森還在睡覺。出現在大家面前的吸血鬼一頭黑髮、一身黑衣，他的兩隻長長的尖牙外露，鼻子又長又尖，他用手遮擋住燈光。

　　「你們？」吸血鬼終於開口了，他完全明白，站在面前的是魔法師，吸血鬼的手放了下來，憤怒地喊道，「啊——」

　　吸血鬼大吼一聲，猛地撲向博士，他揮動利爪，橫掃

向博士的脖子。博士看到吸血鬼撲來，根本就沒有移動，他伸手一揮，擋開了吸血鬼的攻擊。

「去——」本傑明跳到吸血鬼身後，上去就是一腳，重重地踢在吸血鬼的腰部。

吸血鬼叫了一聲，撲倒在寫字枱上，把寫字枱上的一個玻璃杯打翻在地，在寫字枱上，擺着一本舊書，正是惠特曼的《草葉集》。

「怎麼回事？」湯普森被打鬥聲吵醒，他慢慢地坐了起來，看到博士他們，非常驚異。就在這時，吸血鬼站了起來，湯普森看到了吸血鬼的臉，驚叫一聲，暈了過去。

「你不要頑抗了，這樣我們都省點事。」博士說話了，他直視着吸血鬼，「你跑不掉的……」

「啊——」吸血鬼也不說話，大叫一聲又撲了上來，他的雙手掄了起來，「呼呼」的帶着風聲。博士知道他這次是來拚命，不等吸血鬼撲來，就迎頭衝上去，雙手直接撞擊吸血鬼的胳膊，只聽「咔」的一聲，吸血鬼後退兩步，沒有站穩，倒在地上，博士的身體也向後傾，差點摔倒。

吸血鬼怪叫着爬起來，再次撲向博士，博士上去和吸血鬼打在一起，這個傢伙很有力氣，而且非常狠毒，他的

104

指尖反覆攻擊博士的脖子位置，但全部被博士擋開。

　　由於房間的空間小，雙方無法施展開手腳，對攻時都覺得房間裏的牀、櫃子和寫字枱礙手礙腳。本傑明和海倫看準時機出拳出腳，重重地打了吸血鬼幾下，吸血鬼招架不住三人的圍攻，退向窗邊。

　　「揍他——揍他——把他打扁——」保羅在一邊高聲助陣，剛才他看準機會，上去咬了吸血鬼一口。

　　吸血鬼退到了窗前，身後已無退路，他雙手一揮，大喊一聲。

　　「風暴牙箭——」

　　隨着他的口訣，一股極大的氣團隨即生成並猛撲向博士他們，更具威力的是在這個氣團中，冒出了幾十個尖尖的牙齒，這些尖牙和吸血鬼嘴裏的一樣長，就像是箭頭一樣，從氣團中飛速冒出，射向博士他們。

　　「飛盾——」博士他們各唸口訣，三面大型盾牌從空氣中冒出，擋在他們身前，尖尖的牙齒全部射在飛盾上，發出「噹噹噹」的聲音。

　　吸血鬼趁機掩護自己逃跑，他趁博士他們防衛的時候，飛身上了窗台，身體撞向窗戶，想跑出去。

　　「無影鋼鐵牆——」海倫手一揮，唸了句口訣，她早

有防備。

一道厚實的無影鋼鐵牆橫在了窗前，吸血鬼的身體重重地撞在鋼鐵牆上，身體被反彈回來，摔在地上，他慘叫起來。本傑明距離吸血鬼很近，上去就是一腳，踢在他的腰上，吸血鬼又是一聲慘叫，他在地上翻了兩個身，隨後爬了起來。

「你們、你們——」吸血鬼捂着腰，氣喘吁吁地，「我和你們不認識，我也沒有得罪過你們……」

「你做了什麼自己知道，」博士冷峻地看着吸血鬼，「我們是做什麼的你應該也知道。」

「魔法師！」吸血鬼咬牙切齒地說，「倫敦來的魔法師，我知道，我知道……」

「那你就束手就擒吧！」海倫說着甩出一根捆妖繩。

捆妖繩在空中盤旋着飛向吸血鬼，吸血鬼可不甘心被抓，他對着飛來的捆妖繩一揮手，手的指尖劃在繩子上，捆妖繩幾乎斷了，「啪」的一聲掉在地上。

海倫和本傑明都一驚，本傑明本想拋出自己的捆妖繩，他及時收手。他和海倫互相看看，揮拳向吸血鬼撲去，準備徒手擒拿。吸血鬼當然不願意被擒，他的雙手舞動起來，嘴裏唸了句口訣。

「穿敵牙箭——」

十幾支半米長、尖尖的吸血鬼尖牙像利箭一樣射了過來，博士他們再次拋出飛盾，第一支牙箭射在飛盾上，尖尖的牙齒穿透飛盾三、四十厘米後才卡住，本來安全地躲在後面的博士他們差點被扎到，急忙向後跳了兩步。

吸血鬼看到這個招數比較奏效，揮手又甩出十幾支牙箭，博士他們的飛盾上頓時扎滿了牙箭，其中兩支幾乎射穿了飛盾。

「無影鋼鐵牆——」博士連忙唸口訣，使用更為強大的防禦措施保護自己。

一道鋼鐵牆飛擋在博士他們身前，海倫和本傑明都很着急，他們不敢射出凝固氣流彈，因為牀上還躺着暈過去的湯普森，一旦氣流彈爆炸，彈片一定會傷害到他。

「博士，怎麼辦？」本傑明躲在被箭射得「噹噹」作響的鋼鐵牆後，大聲地問。

鋼鐵牆上此時已經扎着很多支箭，還有十幾支箭扎在牆壁上，只要脫離了鋼鐵牆的保護，他們立即會被射中。博士看了看形勢，他手一揮。

「無影鋼鐵牆——」

隨着博士的口訣，一道無影鋼鐵牆飛過去，擋在湯普

森的牀邊，海倫和本傑明立即就明白了博士的意圖。

　　「凝固氣流彈——」海倫快速把身體探出鋼鐵牆外，手一甩，兩枚氣流彈飛向吸血鬼。

　　「轟——轟——」氣流彈相繼爆炸，正在得意之中，感覺自己壓制住了魔法師的吸血鬼當場被炸中，翻倒在地上，而飛向湯普森的破碎彈片則被鋼鐵牆擋住。

　　吸血鬼被炸倒後，翻滾着爬起來，剛想反擊，本傑明的兩枚氣流彈射來，隨即爆炸，他又被炸倒在地，他掙扎着爬起來，博士已經飛出了鋼鐵牆，他一腳踏去，重重地踩在吸血鬼身上，吸血鬼站不起來，索性抱住博士的腿，張口就咬。

　　如果被吸血鬼咬一口，後果很難預測，博士一把就頂住吸血鬼的額頭，用力向外推，吸血鬼力氣很大，兩人僵持起來，吸血鬼的尖牙幾乎刺到博士的腿。保羅飛撲上來，一口咬住吸血鬼的手臂，海倫和本傑明隨後趕來，拳打腳踢，吸血鬼終於鬆開了博士，癱倒在地上，大口地喘息。

　　「你可真是負隅頑抗！」本傑明説着拿出了自己的捆妖繩，「你覺得能打過我們嗎？」

　　「不要打了，不要打了，我認輸了……」吸血鬼躺在

地上，長歎一口氣。

「請問，你們是誰？」一把聲音突然傳來，只見湯普森慢慢地坐起來，他醒過來了。

大家都轉頭看過去，吸血鬼趁機一躍而起，他的身體跳到了天花板上，他像一隻壁虎那樣，手當吸盤，身體趴在天花板上，背對着地面，頭轉向大家，似乎在尋找逃跑機會。

「啊——」湯普森再次看到吸血鬼的臉，又暈了過去。

本傑明跳起來用拳頭砸向吸血鬼，吸血鬼連忙躲閃，他確實像一隻壁虎那樣，從天花板爬到了房間右側牆壁，他向窗戶張望了一下，海倫拋出的無影鋼鐵牆還在，看看地面，海倫正在躍起攻擊自己，博士則把守住房間大門。吸血鬼再次爬到天花板上，好像那裏能逃避魔法師的攻擊一樣。

「啪——」的一聲，高高躍起的海倫一拳砸在吸血鬼的後背上，吸血鬼差點掉下來，他又吸住天花板，就在這時，本傑明跳起來用力拉了一把吸血鬼，吸血鬼再也無法吸住天花板，翻身掉了下來。

本傑明和海倫等着攻擊落地的吸血鬼，吸血鬼掉在半

空中的時候，身體化成了一股白煙，轉瞬間就鑽到了寫字枱上的那本《草葉集》裏。

　　大家都愣住了，保羅飛身跳上寫字枱，踩住了那本書。

　　「博士，他就躲在書裏，這本書的魔怪反應太大了！」

　　博士走過去，他謹慎地把那本書拿了起來，然後用手抖了抖，那本書從外觀上看，沒什麼異常。

　　博士掏出了裝魔瓶，把瓶口對準了那本書，隨後唸了一句口訣。

　　「魔怪，進來！」

　　「嗖」的一聲那本書被吸到了裝魔瓶的瓶口，並在瓶口激烈地抖動着，但是怎麼也飛不進裝魔瓶。

　　「停止。」博士又唸了一句口訣，那本書「啪」的一聲掉到桌子上，不動了，看上去就是一本很普通的舊書。

　　「怎麼回事？」本傑明看看博士。

　　「魔怪在書裏，他現在應該是……」博士拿起了那本書，「和書是一體的，但是書本身不是魔怪，所以不會被收進裝魔瓶，這本書現在是魔怪的一個保護體。」

　　「把書燒了！」保羅大聲說，「要不就把書擺在外

112

面，我用導彈轟他！」

「對，我不信吸血鬼不出來！」海倫接着說。

「我們……」博士想了想，他看了看牀上的湯普森，然後看看小助手們，「我們下樓去，找個空地，我有辦法讓他出來！」

說着，博士用手抓起那本書，然後看了看本傑明。

「怎麼？」本傑明傻傻地問。

「哎呀，用你的捆妖繩，捆住書！」海倫着急地說，「我的那根快斷了。」

「哦。」本傑明連忙掏出捆妖繩，把那本書用繩子纏了幾圈。

「海倫，給湯普森喝點急救水。」博士又説，「他被嚇暈了，身體應該沒什麼事。」

海倫給湯普森喝了一些急救水，湯普森慢慢地醒了，海倫告訴湯普森，他現在安全了，一會有警察來和他解釋，湯普森有氣無力地點點頭，也不知道他是否真的聽明白了。

博士拉開門，他提着捆妖繩，走了出去。歐文連忙迎上來，剛才裏面打成一團，他都聽見了，但是毫無辦法。

「博士，怎麼樣了？」歐文急忙問。

「在書裏。」博士説，「不肯出來，我有辦法叫他出來，現在我們下樓⋯⋯」

歐文疑惑地看着那本書。

他們一起下了樓，電梯門一開，博士提着那本書第一個走了出來，海倫和本傑明連忙跟上進行護衞，他們唯恐吸血鬼又從書裏跑出來。

「哇！出來了！」一個聲音大喊着，喊話的是那個保安員薩爾，他看到博士他們出來，非常興奮。

博士吃了一驚，他看到薩爾身邊還站着五、六個穿着不同樣式制服的保安員，這些人同樣好奇地看着博士。

「嗨，你們抓到湯普森教授了？」薩爾好奇地問，

「他在哪裏？」

「誰説我們要抓他？」本傑明瞪着薩爾。

「你們去他家，還拿着槍，不是抓他嗎？」薩爾問。

「你真是多事！」海倫看着那些保安員，「他們是誰？」

「附近幾棟大樓的保安員，都是我的朋友。」薩爾連忙説，「你們剛上去我就打電話了……」

「喂，薩爾，你這個騙子！」一個保安員看着博士手裏的書，「看看，他們抓了……一本書下來，是教授家的一本書吧，要判幾年呢……」

「轟——」的一聲，在場的保安員都大笑起來，薩爾很尷尬，他滿臉通紅，手抓着腦袋。

「都回去值班去——」歐文生氣了，他指着那些保安員，「現在是上班時間……」

「你這算什麼保安員？」博士也生氣了，他瞪着薩爾，「你……」

「抓到了嗎——」一個胖胖的保安員説着從大門口衝了進來，「哇，我來晚了吧，還能看到教授被捕嗎——」

「咔——」的一聲巨響，博士手裏的那本書突然爆開，捆妖繩當即被掙斷，吸血鬼跳了出來，他一個箭步就

跳到剛剛衝進來的胖保安員身前，一把勒住胖保安員的脖子，隨後躲在他身後，吸血鬼的指尖直指胖保安員的咽喉。

「都不要過來！」吸血鬼用陰森的目光看着眾人。

第十章　很久以前的業餘魔法師

那些保安員全都驚呆了，張大嘴巴站在原地。博士有些懊惱，剛才只顧着和薩爾說話，沒有盯緊那本書。

「不要，不要殺我……」胖保安員哆嗦成一團，他瞪着薩爾，「薩爾——這是怎麼回事——」

「你不要傷害人質——」博士大喝一聲。

「不要過來！」吸血鬼大喊起來，「全都給我站住——」

「快回去——不要進來啦——」本傑明突然指着大門喊道。

吸血鬼連忙回頭去看，就在這時，本傑明手一揮，一道電光筆直地飛向吸血鬼勒着保安員的手，吸血鬼的手頓時被擊中，他大喊一聲，手鬆開了，那個胖保安員則趁機連滾帶爬地跑了過來。大門那裏其實根本就沒有人，這是本傑明引開吸血鬼注意力的招數。

吸血鬼看到人質逃脫，罵了一句，轉身推門就跑到了大街上。

「老伙計──」博士喊道,「看你的了──」

保羅已經飛身出了大門,飛奔中,他後背的追妖導彈發射架彈出了身體外,四枚導彈的彈頭全部對準了吸血鬼逃跑的方向。

吸血鬼速度極快,沿着大街向北飛奔,保羅追出去十幾米,立定不動,一枚導彈隨即射了出去。

「轟──」的一聲巨響,接着是一聲慘叫,導彈在吸

血鬼的身後爆炸，吸血鬼當即被炸上天，在天上翻轉了幾下，重重地砸在地上，隨後，他痛苦地扭着身體，幅度則越來越小了。

博士他們趕了過去，薩爾等保安員也跟在後面。吸血

鬼此時渾身發抖，博士看到，他的腰部出現了一個大洞，明顯是被追妖導彈炸中的。

「本傑明，有一套呀！」海倫笑着對本傑明說，「剛才你那招算是……」

「非常規戰術！」本傑明此時的心情剛剛穩定，他還擔心保羅炸不中吸血鬼呢，他看看海倫，「能得到你的誇獎……我數數，不超過三次……」

大街上，不時有汽車駛過，那些保安員圍在吸血鬼身邊，都驚恐地議論着。博士看到前面幾十米正好有個公園，他不想在街邊引起圍觀。

「把他抬到公園去。」博士對薩爾他們說。

那些保安員連忙抬起吸血鬼，把他抬到了公園裏，然後放在地上。

「湯普森先生，沒想到你原來是這副樣子！」薩爾看着微微呼吸的吸血鬼，「你的太太和孩子也是這副樣子嗎？」

「薩爾，他不是湯普森。」歐文拍拍薩爾，「湯普森是受害者，這傢伙是潛入湯普森家的……」

歐文簡單地解釋了一下，那些保安員們這才恍然大悟。

此時的吸血鬼比剛才好多了，這種魔怪的自我修復能力確實很強，但短時間內再次反擊的可能性完全沒有，所以博士也沒有捆綁他。那本《草葉集》海倫則一直拿在手裏。

「你叫什麼名字？」博士彎腰問道，「你怎麼會隱藏在書裏？」

吸血鬼沒有回答，他只是在那裏喘着氣，眼睛微微閉着。博士看他沒有回答，從海倫手中接過了那本《草葉集》，他翻開看了看，突然發現書的扉頁上好像有文字，借着路燈湊近一看，上面寫着——「威廉·尼爾森，1867年購於康涅狄格州沃特伯里市市民書店」。

「威廉·尼爾森？」博士一愣，「我好像記得……這是很久以前的一個比較有名的美國……業餘魔法師，出版過很多誤導後人的魔法教程……」

躺在地上的吸血鬼聽到博士的話，眼睛突然睜開，並放射出兇惡的光。

「對，這個人有些法力，也除掉過一些魔怪，然後就覺得自己很了不起，自稱天下第一魔法師呢。」保羅在一邊說，他開啟了身體裏的查詢系統，「我已經搜索到了他的信息，嘴含桉樹葉能隱身就是他說的，有人嘗試用這種

辦法隱身抓魔怪，結果被魔怪發現，差點被殺死……這個人一直生活在沃特伯里市。哦，他喜歡買書和寫作……」

「這麼說，這就是尼爾森的書。」博士翻着那本《草葉集》，「他那些魔法教程我看過，半真半假，很多都沒有經過驗證，全憑他自己想像……」

「他最後怎麼樣了？」躺在地上的吸血鬼突然開口了，他看着博士，目光依舊兇惡。

「怎麼樣了？」博士疑惑地看着吸血鬼，「你想知道？」

「我想知道……」吸血鬼說，「你們告訴我尼爾森的最後結果，我就告訴你們想知道的，這算是一個交換。」

「交換？」博士彎下身子，「這個交換……我當然可以告訴你尼爾森的結果，他出生距今已經二百多年了，當然是死了，這個不用問我們吧？」

「我想知道他怎麼死的，」吸血鬼說着又開始喘氣了，「我就想知道這些……」

「我知道，我全知道。」保羅走了過去，「我會告訴你的。你先說你的情況吧，你叫什麼名字？」

「林特。」吸血鬼立即說，他似乎急着知道尼爾森的死因。

看到吸血鬼終於開口了，博士有些興奮，他蹲在吸血鬼的身邊，示意保羅停止訊問，自己來訊問。

「最近曼克頓發生的四宗案件，全是你做的？」博士問。

「是的。」

「你怎麼會在這本《草葉集》裏？」

「尼爾森，都是尼爾森。」吸血鬼林特咬牙切齒地説，「他殺了我的一個兄弟，我去找他報仇，他就在書房裏……」

「等一下！」博士連忙叫停，「那時候你已經是吸血鬼了吧？你那兄弟也是？」

「對。」林特點點頭。

「時間是？」

「1867年11月。」林特説，「我倒霉的年月，我永遠記得。」

「繼續。」

「他比我厲害，他用銀劍刺中我的心臟位置，我想這下完了，這時候他只要用銀製或金製的較重器物壓住我，我就會被這些器物吸進去，三天後會自然消亡。可是他隨手拿起了桌子上的一本書壓住我，就是你們手上那本書，我被吸進書裏，三天後我沒有被消亡，後來也沒有，不過我確實沒有出來，我總感到四周有壓力，黑壓壓地看不見外面，也聽不見……」

「我看過他的論述。」博士看看幾個小助手，歎了口氣，「消滅吸血鬼的一個正規做法就是用銀製尖鋭物刺中吸血鬼心臟，然後用銀製或金製重物壓住吸血鬼就可吸收並消化掉，可是尼爾森説用什麼器物壓住吸血鬼都行，三天後都能永久消失，還説他實踐過，看來這次實踐是真的，就是他這次……」

　　説着，博士指了指林特。

　　「一切都很符合歷史記載。」保羅説，「我查到了，尼爾森死後，他的家人把他生前的藏書全部捐給了紐約市公共圖書館，這其中一定包括這本《草葉集》。」

　　「嗯，這樣他就來到了紐約。」

　　「那你是怎麼出來的？」海倫問。

　　「半年前，一道電光通過了那本書，我感到壓力一下就沒有了，我就出來了。」

　　「電光？」海倫很疑惑。

　　「就是一道電光，穿過了那本書，還有我的身體，我頓時就感到沒有壓力了……」

　　「等一下。」博士擺擺手，「我看到擺放《草葉集》的書架上有一塊油漆，是新刷的，和周邊不一樣，那裏明顯被修補過，鐵架子被修補……我打個電話……」

　　博士快速查到了紐約市公共圖書館值班室電話，打過去後，接電話的正是蒙特雷。

　　「意外的啟動反應。」博士通完電話後説，「半年前文學室二廳修理通風管道，一個工人不小心把大功率電焊機上的一個電線頭甩在第三排展架上，展架被電流擊穿，形成一個大洞，後來被工人用鐵皮補上，重新刷漆。」

「我明白了，閃電最容易破解圍困魔化之身的器物，刻有咒語的器物都能被閃電擊中後解開。這是一種啟動效應。」海倫說，「大功率電焊機的電流擊中效果和閃電一樣。」

「對，是這樣的。」博士平靜地說，「尼爾森的那些教程充滿了各種違背常規的說法，還強調說自己敢於打破常規，善於新的發明。」

「他的這些發明遺患後世呀！」本傑明看着吸血鬼林特，感慨地說。

「你半年前能從書本裏出來，沒有急着作案？」博士繼續訊問。

「沒有，我不熟悉環境，我的身體也還在復原中，畢竟在書裏壓了那麼多年，一開始我都不敢鑽出來，有人經過我馬上躲進書裏，儘管我能隱身，他們看不見我。」林特說，「我離不開那本書了，基本是一體，我離開那本書不能超過三個小時，超過就會很難受。」

「明白。」博士若有所思地說，「那麼，過了一段時間你就敢出來了？還敢去吸血了？」

「是。」林特點點頭，「我熟悉了環境，我藏身的那本書一次次被借走，我也跟着到了好多人家，每次到了人

126

家家裏，我就發現我的血牙張開，能吸血了；而在圖書館裏，我的血牙一直關閉，我明白，我被借到人家家裏，等於被邀請進人家。你知道，我們吸血鬼只有被邀請進人的家裏才能吸血，而我能吸的也只有受邀人的血，就是那些借書者的血。」

「你什麼時候恢復的？」博士想了想，「一個多月前？恢復好就吸血了嗎？」

「不是，三個多月前就恢復了。」林特說，「但我一直不敢行動，因為我想長期吸血，我被尼爾森刺中心臟，不能變化成人形了，如果我進入借書者家後吸血，這人一旦死亡，他的家人可能不知道書是借來的，萬一不歸還，我就只能留在這家人的家裏了，也許還會被扔掉。一個多月前，我想到一個辦法，就是每次只吸一部分血，吸血後我砸門引起他們家人關注，然後我就躲進書裏，這樣只要被害人被救，不會死去，我就會被還到圖書館去，接着再被借走，以後我還可以再吸血。」

「這是我知道最陰險的招數之一，」博士微微點着頭，臉陰沉着，「你利用了圖書館的這個環境……」

「都說吸血鬼最狡猾，還真是這樣。」海倫也感歎道，「你能控制住不把血全部吸光？」

「能，我不想就吸一次血，我想這樣長久地吸下去，就控制住了。」林特說。

「你說你吸一部分血，然後通知受害者家人，那今天這家沒有家人你怎麼辦呢？」一直沒有說話的歐文問了一句。

「也好辦，我會把他的家門打開，然後去砸鄰居家的門。」林特說，「我會觀察環境，如果借書者沒有被救的條件，我寧可放過他。」

「你可沒這麼好心！」本傑明瞪着吸血鬼，「你是為了永遠能夠吸血！」

「沒錯，」林特似乎還有些得意，「我可沒說我是好心。」

「林特，我問你，第四宗案件，我們趕到時你跑到哪裏去了？我們當時沒有在寫字枱上看到《草葉集》，可是後來卻被受害者室友從寫字枱上拿走，並且還到了圖書館。」博士想到一個新問題。

「警察打電話，說要請倫敦的魔法師來，我聽到了。」林特說，「我就趁亂拿着書躲到了臨近的大樓裏，沒有人發現我的舉動，也沒有人關心那書。你們走了後我就回去了，我知道你們的厲害……」

「你知道我們?」本傑明一愣。

「當然,我住在圖書館裏,全美最大的市立圖書館,我晚上也看書。」林特説,「紐約警方能從倫敦請來一個無名小卒辦案嗎?倫敦最厲害的魔法偵探就是你們,我當時就猜到了,你們是南森團隊,圖書館裏有很多你們的資料。」

「知道我們的厲害還來做第五宗案件!」本傑明沒好氣地説。

「他是嗜血,無法控制……」海倫解釋道。

「你還幫他説話!」本傑明不高興了。

「我是解釋原因……」海倫剛想吵,但是看到周圍那麼多人,沒再説下去。

「海倫説得也沒錯。」博士看看本傑明,「嗜血是他們的基本特點。」

「你們沒有問題了吧?」林特扭扭身子,似乎想起來,他看着博士,「我想知道尼爾森是怎麼死的?」

「告訴他吧。」博士對保羅説。

「1875年,尼爾森試驗了一種藥丸,他説是長生不老藥丸,還説自己是世界第一魔法師,吃了這個藥丸就永遠不會死去。」保羅説,「結果吃下去十多分鐘就痛苦地死

了，那藥丸裏含有劇毒，他毒死了自己。」

「哈哈哈哈哈……」林特大笑起來，那笑聲也很恐怖，「我就知道！我就知道！」

「知道什麼？」保羅問。

「他會死得很慘，他會很痛苦。」林特邊笑邊說，「他殺了我兄弟，把我關在書裏，他又怎麼樣，哈哈哈……」

「你這是報復心！」博士嚴厲地說，「無論如何，尼爾森斬殺你的兄弟和你是沒有錯的，你還不知道自己做的壞事嗎？」

「知道，我全知道。」林特說着閉起了眼睛，「我知道你們的手段，書裏都寫了，我也知道自己的下場，沒關係，尼爾森把劍插進我的心臟時，我就覺得我要死了，但是我又多活了快兩百年，臨死還吸了四個人的血，我也滿足了……」

說着，林特倒在地上，完全閉氣了。博士掏出了裝魔瓶，他把裝魔瓶舉起來，唸了一句口訣，林特立即化成一股白煙，被吸進了裝魔瓶。

薩爾等保安員一直在旁邊聽着，看到林特被吸進裝魔瓶，全都驚呼起來。

「博士，這本書怎麼辦？」海倫拿着手上那本《草葉集》問。

「很好的一本書。」博士遺憾地说，「但被魔怪污染了，沒辦法，燒掉吧。」

本傑明把那本書拿到空地上，然後唸了一句魔法口訣，一股烈焰立即包圍了那本書，十幾秒過後，那本書就被燒成一堆黑炭。

「鈴鈴鈴……」這時，薩爾的電話突然響了起來，他連忙接聽電話。

「……對，我是薩爾……剛才是我給你留言，你幹什麼去了？」薩爾激動地说，「……現在晚了，看不見啦……不是，不是教授被捕，是教授的書被捕，裏面還跳出來一個怪物，被一隻小狗發射的導彈擊中，被一個老頭

用瓶子裝了起來……喂，我沒有和你開玩笑……喂，大家都看見了……喂、喂、喂……」

「你的朋友可真不少！」博士走過來，看了看薩爾。

「嘿嘿嘿，都是周圍大樓的保安員。」薩爾笑着說，「我們這工作你知道，很無聊呀！啊，你那個瓶子能給我看看嗎？哪裏買的？我想把我們大樓的管理員裝進去，他總說我晚上值班時睡覺，你知道我工作很認真的……」

尾聲

三天後的下午，博士他們都在酒店房間裏，上午他們去了大都會博物館，是歐文親自帶他們去的。保羅被抱着，當作電子寵物，也一起去了，他很開心。

門鈴突然響了，海倫連忙去開門。安迪一家中午和博士他們約好了，要來感謝他們抓到了吸血鬼，格林一家昨晚已經來過了。

海倫打開門，安迪一家捧着鮮花，站在門口，海倫連忙請他們進來。

「真是大神探！」安迪的爸爸一進門就握住博士的手，「你們把吸血鬼抓到，我們總算是安心了，要不然總是擔心吸血鬼還會來，真是太感謝啦⋯⋯」

「這是我們的職責，也是我們的工作。」博士客氣地説，「非常感謝你們的花⋯⋯」

「嗨，本傑明。」安迪走到本傑明身邊，「我聽説這次抓吸血鬼你表現很出色呢！」

「這個⋯⋯是有那麼一點點啦。」本傑明也不謙虛。

133

　　「告訴你，最近我聽了你的話，開始看書了。」安迪眉飛色舞地説，「你看，我們倆年齡差不多，但是比起你我可差遠啦，我老爸老媽都要我向你學習，我自己也感到，你這麼小，就成了全球最厲害魔法師，我真是太崇拜你了……」

　　「你過獎啦！」本傑明嘴上這麼説，心裏樂開了花，還不時地看着海倫的表情。

　　「太謙虛了，偉大的魔法師都是這樣！」安迪繼續誇讚道，「那你給我講講你抓魔怪的故事吧！我聽説你曾經一人獨戰三個大熊怪，三秒打敗一隻巨蜥怪，快給我講講吧！」

　　「這個嘛……」本傑明興奮起來，「在蘇格蘭，我曾經遇到一隻巨蜥怪，我先是射出氣流彈，然後閃電攻擊……」

　　本傑明越説越興奮，手舞足蹈得有些忘乎所以，他可是第一次聽到有人這樣誇自己。

　　「……我射出的閃電準確地擊中了巨蜥怪旁邊的一塊石頭……」本傑明激動地比劃着，講述自己的擒魔英雄史。

　　「看你那樣子，」安迪忽然狡猾地一笑，「好傻！」

　　「啊？」本傑明一愣。

「我聽了你的，看了本書，不是漫畫書。」安迪笑着說，「《如何讓你的同學更傻而他自己卻不知道》，第十一個招數，『猛烈地誇獎他，讓他變得不知天高地厚，從而手舞足蹈』，果然如此呀！」

「你！」本傑明氣壞了，「你捉弄我！」

「你真以為你是全球最厲害的魔法師？」安迪笑着問。

「我……」本傑明瞪大眼睛，都不知道該怎麼回答了。

「哈哈，別生氣！」安迪走過去摟住本傑明的肩膀，「其實你確實很厲害，但是全球最厲害的魔法師肯定不是你，我和你開玩笑呢，我很喜歡開玩笑啦……」

「你這傢伙……」本傑明還是很生氣。

「別生氣了，我說對不起啦！」安迪笑嘻嘻地，不過隨即認真起來，「我其實真是想向你學習，你說我是報考牛津大學的捉妖系還是劍橋大學的法術系？」

「你這笨蛋，這還用問？當然是牛津大學的捉妖系。」

「是嗎，為什麼？」

「因為只有牛津大學才是最好的……」

兩人走到一邊，開始了熱烈的討論，博士、海倫、安迪的父母看着他倆，全都笑了起來。

麥克警長，蘇格蘭場（倫敦警察廳）高級督察，南森和警方的聯絡人，也是一名大偵探，屢破奇案。當然，他所偵辦的都是人類世界中的案件。一起來看看他偵辦過的案件，運用你的推理能力，想一想他是如何破案的呢？

視力問題

麥克警長要查一些資料，所以去了圖書館。他穿的是便衣，圖書館裏看書的人可不少。麥克找到圖書，認真地看起來。

「嗯？」麥克對面，傳來一個人的聲音，「我的手機怎麼不見了？」

麥克抬頭看去，說話的是一個女士，她很是焦急的樣子，看着四周。

「我就去放了一下書，回來手機就不見了，剛才就在

我右手邊呀。」

「我打你的電話，你找一下。」麥克對那個女士説，「號碼多少？」

女士説了號碼，麥克撥打，但是手機裏傳出對方已經關機的提示音，女士的手機應該被人偷了。

這張閱覽桌的人都站了起來，都很氣憤。除了女士右手邊那個男子，他低着頭，幾乎把頭埋進了書裏。

「先生——」麥克看了看那個男子，「這位女士的手機丟了，你看到了嗎？」

「啊、啊、啊？」那個男子終於聽到麥克的聲音，抬起了頭，「是叫我嗎？」

「對，是在叫你，你沒聽見我們在説什麼嗎？」麥克問。

「我、我視力不好，埋着頭看書呢，我只能低着頭距離書很近才能看到字，我也沒聽見你們在説話……」那個男子疑惑地看着大家，「怎麼了？」

麥克把問題複述了一遍。

「我沒看到什麼手機。」男子説，「我一心看書呢。」

「那你感覺到剛才有人來過這邊嗎？」麥克又問。

「這個……」男子眨眨眼睛，「你這麼一說，我好像想起來了，剛才是有個人走過來，手好像還往桌子這裏伸了一下。」

「那人什麼樣呢？」女士急着問。

「身高在一米八左右，男性，年齡在三十歲左右，褐色頭髮，眉毛比較淡，大眼睛，厚嘴唇，鼻子很大，穿藍襯衫，我當時沒太在意，就看了一眼，大概就是這樣。」男子緩緩地說，「他到這邊站了一下就走了。」

「啊，這人就是拿走我手機的人呀——」女士叫了起來。

「不可能，因為這人根本就不存在。」麥克忽然說。

大家全都一愣，男子看着麥克，皺起了眉頭。

「你在說謊，你編造出這樣一個人，想把大家的視線引開。」麥克看着那個男子，「把手機交出來吧，你拿了手機，沒有馬上離開是因為這樣做太明顯，你怕我們很快追上你。」

「啊？」男子愣住了。

「我是警察。」麥克直接說，「手機就在你身上。」

答案：男子一開始説自己視力不好，隨後又在「就看了一眼」的情況下，
詳細描述了那人的樣貌特徵，如「身高在一米八左右」、「褐色頭
髮」，連眉毛濃淡都看得很清楚，説話前後矛盾。

請問，這名警官最後是如何向他證明他撒謊的？

男子低下了頭，隨後從口袋裏拿出了手機，手機銀幕上仍
是剛才女孩拍攝後查看的畫面。

魔幻偵探所 23

紐約連環吸血案（修訂版）

作　　者：關景峰
繪　　圖：陳焯嘉
責任編輯：葉楚溶
美術設計：李成宇
出　　版：新雅文化事業有限公司
　　　　　香港英皇道499號北角工業大廈18樓
　　　　　電話：（852）2138 7998
　　　　　傳真：（852）2597 4003
　　　　　網址：http://www.sunya.com.hk
　　　　　電郵：marketing@sunya.com.hk
發　　行：香港聯合書刊物流有限公司
　　　　　香港新界大埔汀麗路36號中華商務印刷大廈3字樓
　　　　　電話：（852）2150 2100
　　　　　傳真：（852）2407 3062
　　　　　電郵：info@suplogistics.com.hk
印　　刷：中華商務彩色印刷有限公司
　　　　　香港新界大埔汀麗路36號
版　　次：二〇二〇年六月初版

ISBN : 978-962-08-7530-4
© 2015, 2020 Sun Ya Publications (HK) Ltd.
18/F, North Point Industrial Building, 499 King's Road, Hong Kong
Published in Hong Kong
Printed in China